« N'ayez pas peur du bonheur ;
il n'existe pas. »

Michel Houellebecq, *Rester vivant*

Au début de mon histoire, il y a une NDE.

NDE est l'acronyme de *Near Death Experience*. En français : une expérience de mort imminente. De nombreuses personnes rapportent le même épisode troublant. Elles parlent d'un long tunnel sombre avec une lumière blanche au bout. Elles mentionnent des voix célestes qui les appellent, des créatures angéliques qui les invitent à les rejoindre. Elles évoquent un passage vers un autre territoire, un autre monde, une autre vie.

Moi aussi, j'ai connu tout ça. Le tunnel obscur, la lumière blanche, les voix de l'au-delà, l'attraction irrésistible vers l'inconnu… À vrai dire, j'ai longtemps hésité avant de passer de l'autre côté. Ce n'est pas que je regrettais ma vie d'avant – avais-je seulement vécu ? –, mais je me méfiais. Un mauvais pressentiment. Je sentais que quelque chose clochait. Je flairais le piège. Je soupçonnais que c'était un aller sans retour et que j'allais le regretter.

Finalement, je n'ai pas eu à faire de choix, car on m'a poussé vers la lumière. Impossible de résister. J'ai longé le tunnel, j'ai franchi le seuil, j'ai fait le grand plongeon dans l'éblouissante clarté.

Et je suis né.

C'était il y a vingt-cinq ans. Je ne m'en suis jamais remis.

Notre naissance est une expérience de mort imminente. Reste juste à connaître la durée de l'imminence.

J'ouvre les yeux et je vois Bérénice. Quoi de plus beau que le doux visage de l'Amour penché sur soi au réveil après une bonne nuit de treize heures sous Stilnox ? Elle est divine dans sa doudoune rouge, avec son bonnet sur la tête et son gros carton dans les bras. Elle me dit : « Michel, je te laisse mes bouquins. »

Bérénice m'offre un cadeau dès le réveil. J'ai une femme merveilleuse. Prévenante, cultivée, niveau 7 au sudoku, je ne la mérite pas. Si je pouvais, je lui mettrais cinq étoiles sur TripAdvisor. Elle ajoute : « C'est grâce à eux que j'ai trouvé la force de te quitter. Ils pourront t'être utiles, espèce de taré. »

Bérénice laisse tomber le carton de livres, m'écrase trois métatarsiens, empoigne sa valise et sort de la chambre. Je ne suis pas sûr qu'elle ait dit « taré ». C'était peut-être « connard » ou « salaud ». Qu'importe, c'est l'intention qui compte : Bérénice me fait un cadeau.

La porte claque. Quand l'Amour s'en va, on ne réfléchit pas, on agit. Pas une seconde d'hésitation : je prends un Lexomil.

La porte s'ouvre. L'Amour revient, c'est magique. Bérénice avait besoin d'une petite pause pour faire le point, ça arrive dans tous les couples. Nous allons nous réconcilier sous la couette dans un déchaînement sulfureux de nos sens et une extase de nos fluides qui…

« Par contre, je récupère mon Camus ! »

Bérénice s'accroupit dans un mouvement d'un érotisme échevelé, pousse un ahanement d'invitation au plaisir, puis se relève en brandissant *L'Étranger*, notre livre de chevet.

La porte claque. Bérénice disparaît. La table de chevet penche dangereusement sur la droite. Sans littérature pour caler l'existence, tout menace de s'écrouler. Je pleure.

*

Mes troubles de l'humeur sont apparus assez tôt, environ une demi-heure après ma naissance, lors de la première tétée. Il paraît que je refusais obstinément de prendre le sein, sans doute par volonté de boycotter l'hypocrite pot de bienvenue offert après mon expulsion sauvage.

Suite à neuf mois paradisiaques dans un bain d'Éden amniotique thermostat 2, j'ai été brutalement mis à la porte sans préavis. Expulsé dans le froid, nu et sans défense : on ne ferait même pas subir ça à des punks à chien squatteurs d'immeubles.

Ah, elle est belle, la patrie des droits de l'homme.

*

J'hésite à me lever, car Pascal a écrit : « Tout le malheur des hommes vient d'une seule chose, qui est de ne savoir pas demeurer en repos, dans une chambre. » Je l'ai appris à Bérénice qui m'a répondu que je n'avais qu'à m'installer en couple avec Pascal. J'ai bien conscience que la probabilité d'un arrière-plan ironique dans la repartie de ma bien-aimée n'est pas nulle, mais qui suis-je pour contredire un philosophe inscrit au programme de l'Éducation nationale ?

Je me souviens soudain que les accidents domestiques sont la troisième cause de décès en France. D'après les statistiques officielles, vingt mille personnes meurent chaque année chez elles, bien plus que les victimes d'accidents de la route ou d'homicides. Pascal n'avait pas accès aux chiffres de l'Insee. En réalité, il n'existe pas d'endroit plus dangereux que notre logement. Donc, je me lève.

On sonne. Bérénice est de retour. Regret d'une vie à deux pleine de moments complices devant Netflix ? Hantise de devoir trouver un nouvel appartement quand le prix du mètre carré parisien pulvérise l'indécence ? Perspective angoissante d'une vie en solo dans le désert sentimental des métropoles occidentales ? Prise de conscience que l'horloge biologique tourne inexorablement et qu'une rupture avant conception de progéniture est une folie ? Oubli d'un parapluie ?

J'ouvre. C'est mon voisin, M. Patusse. Il me demande de ne pas claquer les portes, surtout un dimanche matin quand chacun profite d'un repos bien mérité après une dure semaine de travail. Il ajoute : « Pour ceux qui travaillent, bien sûr », avec une grimace symptomatique de l'abcès dentaire.

Je saisis le pudique sous-entendu et remercie M. Patusse de son inquiétude toute paternelle vis-à-vis de ma situation professionnelle. Je lui confirme que je n'exerce pour l'heure nulle activité salariée destinée à m'épanouir socialement trente-cinq heures par semaine, à rentabiliser l'investissement locatif loi Pinel de mon propriétaire et à cotiser cent soixante-douze trimestres avant de mourir à taux plein, mais je tiens à rassurer mon voisin : cet état n'est que provisoire.

M. Patusse souhaite que je précise ma définition du provisoire avec un rictus confirmant la gravité de sa gingivite. Je réponds que selon Albert Einstein, le temps est une notion relative. J'ajoute qu'en se plaçant au niveau le plus fondamental de la réalité physique, on pourrait même poser l'hypothèse que le temps n'existe pas.

Un tremblement compulsif de la paupière gauche de M. Patusse laisse craindre l'imminence d'un AVC. Je rassure mon voisin : ma sortie du cercle vicieux de l'assistanat est proche. C'est promis, il sera le premier informé de ma réinsertion dans un secteur d'activité florissant qui me permettra d'assumer enfin mes devoirs citoyens, à savoir aider mon pays à maintenir les déficits publics en dessous de la barre des 3 % et rembourser mes années de RSA par une surconsommation à fort taux de TVA.

En attendant l'avènement de cette heureuse perspective, M. Patusse m'invite au silence afin de respecter le bien-être des résidents de l'immeuble comme cela est prescrit dans l'article 1 du règlement de copropriété. Il m'en a d'ailleurs apporté un exemplaire qu'il a imprimé spécialement pour moi sur un papier de qualité supérieure. C'est la journée des cadeaux.

Je tranquillise mon voisin : les portes ne claqueront plus, car ma femme m'a quitté. M. Patusse n'est pas homme à se payer de mots. Puis-je lui garantir que Bérénice ne reviendra pas ? Je suis désolé, mais je ne peux pas le lui certifier à 100 %. Cependant, si l'on se fie à la description que fait Michel Houellebecq dans ses œuvres de l'impossibilité ontologique d'une relation de couple satisfaisante et pérenne, on peut estimer les chances d'un retour de Bérénice entre le peu probable et le carrément foutu.

*

J'ai mis cinq étoiles sur Amazon à tous les romans de Michel Houellebecq. Ce que j'aime, chez lui, c'est qu'il montre qu'il y a quelque chose au-delà du constat désespéré d'un monde sans amour et sans bonté, quelque chose au-delà de la tristesse infinie de l'homme seul face à sa misère, quelque chose au-delà de la déception inhérente à toute activité humaine : la possibilité de transformer cette noirceur en éclairs de drôlerie et d'intelligence par la magie de l'écriture.

J'aime Michel Houellebecq, car il me donne de l'espoir.

Moi aussi, un jour, quand j'aurai atteint le stade ultime de la dépression, je deviendrai un grand écrivain humoristique. Comme Michel.

*

À l'évocation de notre plus grand romancier (plus ou moins) vivant, je lis dans les yeux de M. Patusse qu'il frôle sa deuxième attaque cérébrale de la matinée. Dans un souci de rapprochement amical propice au bon voisinage, je lui demande si son mariage avec Mme Patusse résulte d'une passion amoureuse doublée d'une communion d'âmes, ou bien de la volonté pragmatique de combler une solitude existentielle trop douloureuse à porter au quotidien, ou encore d'un simple souci de conformisme social fiscalement avantageux.

M. Patusse laisse pendre une lippe rosâtre semée de quelques miettes de biscotte, puis tourne les talons afin d'aller échanger avec son épouse au sujet des motivations ayant conduit à leur union.

Je reste sur mon paillasson, car j'ai entendu du bruit dans la cage d'escalier.

Bérénice ?

Béré, c'est toi ?

Chaton ?

Je vais attendre un moment sur le palier. Mon amour étant très joueuse, peut-on raisonnablement écarter l'hypothèse qu'elle me fasse une blague ?

Mon portable sonne alors que j'attends Bérénice la blagueuse devant ma porte. Je décroche. C'est elle ! Ma bien-aimée me demande si je suis bien moi-même. Je ris de bon cœur et je la félicite pour son humour. Bérénice me répond qu'elle s'appelle Sarah. Mon amour est impayable. Belle, intelligente et facétieuse. Je ne la mérite pas.

Bérénice insiste. Elle s'appelle Sarah et travaille pour l'institut de sondage Ipsos. Je lui réponds que je l'aime et que je suis sûr qu'elle avait de bonnes raisons de me dissimuler son vrai nom et sa véritable activité professionnelle. Je comprends qu'elle soit partie parce qu'elle ne supportait plus de vivre dans le mensonge. Je suis heureux qu'elle m'ouvre enfin son cœur, je ne lui en veux pas du tout. Je l'attends pour le petit déjeuner. Croissant ou Apfelstrudel ?

Au ton professionnel que garde Bérénice, je prends conscience qu'elle travaille dans un centre d'appels et doit être écoutée à cet instant par un superviseur soumis à l'idéologie néolibérale, adepte de la pression psychologique. Je ne veux pas nuire à ma bien-aimée, je décide de jouer le jeu. Bérénice veut que je participe à la grande enquête de l'institut Ipsos, je ne demande qu'à lui rendre service. Il s'agit d'un sondage sur le bonheur. Ça tombe bien, c'est ma spécialité.

*

Mes parents m'ont dit que je n'avais pas pleuré à la naissance, ce qui les avait beaucoup surpris. En revanche, j'ai pleuré tous les autres jours de mon existence, ce qui peut aussi étonner. J'ai été un enfant triste et un adolescent cafardeux avant de devenir un adulte neurasthénique. À l'heure de la civilisation zapping qui change d'avis, de conjoint ou de Smartphone comme de chaussettes, ma fidélité à la mélancolie est assez rare pour être signalée.

Je suis né le jour du déclenchement du génocide rwandais. J'ai été baptisé la veille du massacre de Srebrenica. Mon premier mot, prononcé alors qu'on annonçait la mort de François Mitterrand à la télévision, a été « Prozac ». J'ai eu mon premier chagrin d'amour le 11 septembre 2001. J'ai fait ma scolarité à l'école primaire Anne-Frank, au collège Guy-Môquet et au lycée Jean-Moulin.

Pour compenser, j'ai emménagé il y a quelques années rue de la Gaîté. Pour l'instant, ça ne marche pas trop.

*

L'institut Ipsos fait une grande enquête sur le bonheur des Français. C'est une excellente initiative : j'en informe Bérénice et j'en profite pour lui dire qu'elle est une formidable opératrice téléphonique afin qu'elle soit bien notée par son superviseur.

Première question : vous considérez-vous comme heureux ? Oui, non ? Je rappelle à Bérénice qu'elle peut me tutoyer. Elle reste professionnelle. Vous considérez-vous comme heureux ? Oui, non ? Je réponds : « Ça dépend. » Bérénice me dit qu'il n'y a pas de case « ça dépend ». Vous considérez-vous comme heureux ? Oui, non ? Je réponds : « Oui et non. » Bérénice me dit que c'est oui *ou* non. Je réponds : « Oui quand tu es près de moi, non quand tu es loin de moi, et entre les deux quand on est au téléphone. » J'ajoute qu'elle est la meilleure opératrice téléphonique que j'aie jamais rencontrée de ma vie et qu'elle mérite une promotion salariale et des avantages sociaux conséquents eu égard à ses remarquables compétences qui serviront sans nul doute un jour prochain à l'instruction des novices de l'école des opérateurs de centre d'appels.

Bérénice bredouille un « euh » d'émotion devant une déclaration d'amour aussi sincère et spontanée, puis elle se tait pendant plusieurs secondes. Que j'aime nos silences complices !

Bérénice se racle la gorge puis, soumise à la pression psychologique de son superviseur inféodé au grand capital, elle dissimule son émoi derrière une diction mécanique afin de m'adresser ses sincères remerciements au nom de l'institut Ipsos. Je l'embrasse tendrement et je lui rappelle qu'elle a des droits en tant que salariée obligée de travailler un dimanche, qu'elle reste un être humain qu'aucun superviseur au monde ne pourra empêcher d'exprimer ses sentiments, que la monstrueuse mécaniquc du travail ne saurait broyer la singularité émotionnelle qui fait de chacun de nous un… Bérénice ?

Béré ??

Chaton ???

Mon amour a dû raccrocher pour ne pas perdre pied dans la course féroce à la productivité, impitoyable machine à frustration qui engendre une déshumanisation du management. D'odieux individus rendent ma bien-aimée malheureuse en l'obligeant à faire des sondages sur le bonheur. La perversité à son comble.

*

Quand on sait qu'il y a soixante-dix morts par arme à feu chaque jour au Mexique, que 26 % des Argentins vivent en dessous du seuil de pauvreté, que quarante mille Colombiens ont été victimes d'enlèvements par les Farc, les milices paramilitaires ou les innombrables gangs criminels liés aux cartels de la drogue, et enfin que la France occupe la 32e place du classement des nations sur l'échelle du bonheur établi par l'ONU, derrière les Mexicains (21es), les Argentins (26es) et les Colombiens (31es), on s'abstient de tout commentaire et on reprend un Lexomil.

*

M. Patusse ouvre sa porte pour me demander ce que je fais sur le palier depuis une heure. Je l'informe que je ne suis là que depuis vingt-deux minutes afin de le mettre en garde contre les exagérations qui déforment le réel et nous conduisent vers une ère de *fake news* généralisées préfiguratrice du fascisme 2.0. M. Patusse s'éclipse en grommelant une unité sémantique phonétiquement proche de l'adjectif « taré ».

Cela fait deux fois ce matin que l'on me traite de « taré ». Coïncidence ? M. Patusse aurait-il parlé de moi à Bérénice ? Lui aurait-il mis des idées dans la tête par pure jalousie devant l'éclatante réussite de notre couple ? Mon voisin serait-il un mentaliste capable de laver le cerveau de ma bien-aimée afin qu'elle me quitte ? C'est possible, j'ai déjà vu ça dans une émission scientifique présentée par Arthur sur TF1. Ça expliquerait tout. « Taré » ne fait pas partie du vocabulaire de Bérénice. En trois semaines de vie commune, elle ne l'a employé qu'une ou deux fois à mon égard, pas plus. M. Patusse est un mentaliste.

Non, Michel, calme-toi. Les mentalistes ont des yeux bleus perçants aux pupilles magnétiques qui pénètrent notre esprit, alors que M. Patusse a des yeux noirs de bovin spongiforme cernés de poches graisseuses qui ne pénètrent rien du tout.

M. Patusse n'est pas un mentaliste.

Dans ce cas, pourquoi Bérénice est-elle partie ?

M. Patusse est un mentaliste.

Ou alors, je suis « taré » ?

M. Patusse est un mentaliste.

Piotr, mon voisin du dessus, intermittent du spectacle drogué à plein temps, monte les escaliers de retour d'un *after* où il a claqué ses indemnités en poppers alors que son statut est en péril. Il me fait un signe de fraternité de la main. Je lui rappelle que la drogue, c'est mal. J'ajoute que lui et ses camarades saltimbanques feraient mieux d'investir leur énergie dans des actions revendicatrices unitaires afin de sauver un régime d'assurance chômage que le monde nous envie. Il me sourit benoîtement, car les ravages neuronaux liés à la consommation de stupéfiants et à la pratique du théâtre de rue sont irréversibles. Puis il rampe jusque chez lui.

M. Patusse ouvre sa porte pour me signifier que les attroupements sont interdits dans les parties communes selon l'article 8 du règlement de copropriété. J'évite son regard pour échapper au lavage de cerveau, puis je lui signale que, me trouvant tout seul sur le palier, l'appellation de « troupe » me paraît impropre. Il me répond que je ne suis manifestement pas tout seul dans ma tête.

Comment M. Patusse sait-il que je ne suis pas tout seul dans ma tête ?

M. Patusse est un mentaliste. C'est confirmé.

Je rentre chez moi abattu. Comme j'ai besoin de réconfort et que Bérénice n'est pas là pour me faire ronronner en passant sa main dans les quelques cheveux qu'il me reste, j'applique la manière forte : je vais sur YouTube regarder des vidéos de campagnes électorales.

*

Aux personnes traversant des moments de déprime, je conseille vivement les vidéos de meetings électoraux. En particulier, les discours des candidats à la présidentielle. Rien n'est plus galvanisant. Les prétendants à la magistrature suprême décrivent toujours une société nouvelle, rénovée et réformée, enfin juste et heureuse, dans laquelle chacun trouvera sa place. Leurs visages rayonnent de confiance, leurs paroles sont réconfortantes, les perspectives qu'ils dessinent vous donnent foi en l'existence.

Un petit Nicolas Sarkozy millésime Bercy 2007 dans un moment de blues et hop, vous êtes regonflé à bloc. Quelques blagues de François Hollande derrière son pupitre à Tulle et c'est reparti comme en 40. Pour les connaisseurs, un Jacques Chirac au Salon de l'agriculture, ça vous illumine une soirée tristesse. Quant aux adeptes de vintage, je leur réserve un François Mitterrand de derrière les fagots, une cuvée Épinal du 8 mai 1981 dont ils me diront des nouvelles.

Cependant, dans les moments les plus noirs, quand je descends dans les sous-sols de la mélancolie, il n'y en a qu'un pour m'apporter du réconfort. Le meilleur d'entre tous. Le jeune président aux dents du bonheur qui annonçait l'arrivée du nouveau monde pendant la campagne 2017. Le remède ultime. Emmanuel.

Dont le sens littéral est « Dieu est avec nous ».

Cinq minutes du discours de la victoire du 7 mai 2017 et je suis déjà transformé. C'était le soir de l'entrée dans le nouveau monde, en direct du Louvre. Ce président si jeune, si brillant, si enthousiaste, arrivé au sommet alors que personne ne le connaissait quelques mois auparavant, me fait prendre conscience que l'heure de l'action a sonné pour moi. Quand il lève les bras en signe de victoire et qu'il décoche un regard à la caméra, je comprends qu'il me passe le relais pour qu'à mon tour je prenne mon destin en main. Son œil aussi fougueux que bienveillant me susurre à l'oreille (car tout est possible avec ce président) : « Michel, mon grand, toi aussi tu es capable de te réaliser. »

Je ressens une grande plénitude. Moi d'ordinaire si hésitant, si incertain, remettant toujours au surlendemain ce que j'aurais dû faire la semaine précédente, je me sens plein de confiance. Le président m'ouvre les yeux, fini de me raconter des carabistouilles : Bérénice ne reviendra pas, je dois l'accepter. Elle ne reviendra pas, car Bérénice est l'ancien monde et l'ancien monde est révolu. Merci, Président.

Je suis regonflé à bloc. Aucun obstacle ne peut arrêter une force en marche. Emmanuel l'a dit. Moi aussi, je suis capable de faire bouger les lignes, d'accomplir mon projet, de réaliser mon rêve. Des années que j'y pense sans trouver le courage de me lancer. Après vingt-cinq ans de vie en forme de malentendu, l'heure est venue de poser un acte fort.

Cette fois, c'est décidé : je vais me suicider.

*

Hégésias de Cyrène, né vers l'an 290 av. J.-C., professait que le bonheur était inaccessible et que la mort était préférable à la vie. Il conseillait le suicide, si bien qu'on le surnomma *Peisithanatos*, celui qui pousse à la mort.

Certains admirent Hégésias et voient dans le geste qu'il préconise l'ultime sagesse, l'expression même de notre liberté, la marque du vrai courage. Cependant, des mauvais esprits font remarquer qu'Hégésias lui-même ne s'est pas suicidé et a préféré passer une longue existence à diffuser autour de lui des pensées mortifères.

Faut-il considérer Hégésias comme un être d'exception qui a choisi de sacrifier son propre suicide pour diffuser la bonne parole à ses frères humains ? Ou bien comme un pervers narcissique jouissant de sa toute-puissance en poussant ses proches au geste fatal ? Pile ou face ?

*

La fougue du président m'a galvanisé. À mon tour de connaître le succès. Je vais préparer l'opération de suppression définitive de mon organisme inadapté au nouveau monde avec un soin inédit qui fera mentir ma réputation de dilettante négligent et brouillon. Mes parents m'ont toujours reproché mon manque d'application, mes professeurs mon manque de rigueur, et mes compagnes mon manque de tout en général. J'ai donc décidé d'être irréprochable pour la première fois de ma vie. Et la dernière.

Ce sera un suicide réglé dans les moindres détails, net et sans bavure. Un travail de professionnel qui me vaudra enfin l'admiration de mes proches. « Jamais on ne vit suicide si bien réalisé », « On n'en attendait pas autant de toi », « Tu cachais bien ton jeu, salut l'artiste » constitueront autant de phrases clés de mon oraison funèbre prononcée devant un public abasourdi par la révélation de mes capacités insoupçonnées et chagriné de n'avoir su déceler la profondeur d'âme cachée derrière ma carapace d'« irresponsable » « attardé » et « infantile », pour reprendre quelques termes à forte occurrence dans les portraits me concernant.

Bref, je mets la barre très haut. Je me sens d'humeur ambitieuse. Pour une fois.

Je consulte les statistiques officielles sur le suicide en France et mon enthousiasme chute brutalement. Je n'avais pas mesuré la difficulté de la tâche. Sait-on que la France compte chaque année près de deux cent vingt mille tentatives de suicide pour à peine dix mille cinq cents décès ? Soit un taux de réussite consternant de 4,8 % qui nous place encore une fois dans le peloton de queue des pays développés. Un nouveau coup dur après notre place médiocre au classement Pisa. La France qui gagne serait-elle un rêve inaccessible ?

95,2 % d'échec. Ce chiffre affligeant ne quitte pas mon esprit. Moi qui ai raté le bac deux fois alors que 92 % des jeunes Français obtiennent ce diplôme grâce à l'éblouissante réforme initiée par notre président, je commence à avoir des sueurs froides. Serai-je capable de briller dans le domaine de l'éradication de soi qui s'avère aussi difficile que la première année de médecine ou le concours de l'Ena ?

Pour me donner du courage, je visionne un extrait du discours d'Arras du 26 avril 2017 (un de mes préférés). Le futur président y explique très bien que « quand on veut, on peut ». Il a raison, je veux, je peux. *Jeveuje peujeveujepeujeveujepeu* : je répète la formule magique une bonne trentaine de fois à toute vitesse en regardant Emmanuel dans les yeux, et je me sens regonflé à bloc. Merci, Président.

Comment expliquer un nombre aussi important de suicides ratés ? Il me faut identifier les causes de l'échec afin d'anticiper les écueils. Je cherche sur Google, mais ne trouve rien de convaincant. L'angoisse m'étreint : si on ne peut plus compter sur Google, que nous reste-t-il comme assise solide en ce bas monde ?

Je me tourne vers ma roue de secours informative, la deuxième fontaine de vérité que m'offre ma sainte Box sur le canal 15 : BFMTV. L'oracle des temps modernes s'allume et la réponse à votre interrogation fuse aussitôt grâce à son bataillon d'experts sur tous les sujets. Attention, *fiat lux*...

C'est la pub. Patientons. Le gel douche Fleur des îles respecte votre peau, hydrate votre épiderme et, d'après les mimiques de la jeune femme qui se déhanche sous la douche, facilite l'orgasme.

Le dernier coupé sport de chez Audi vous procure l'évasion, vous offre la liberté et, d'après les grimaces du barbu musculeux qui ricane sur son siège, facilite l'orgasme.

Les protections urinaires Senior Ô Sec garantissent votre bien-être en toutes circonstances et assurent votre confort en toute discrétion. En revanche, pour l'orgasme, c'est pas garanti.

Fin du tunnel publicitaire. Retour à l'information. L'oracle va parler.

Ah non, c'est la météo. Patientons. Il fera chaud en bas, il fera froid en haut, il fera tiède au milieu. Fin de la météo. Retour à l'information. Ah non, c'est à nouveau la pub. Un oracle, ça se mérite.

*

J'aime la publicité parce qu'elle a de formidables vertus pédagogiques. Grâce à elle, on apprend que l'alcool se consomme avec modération, qu'il faut ingérer cinq fruits et légumes par jour, ou encore qu'il est nécessaire de manger *et* bouger (ce qu'on ne nous dit jamais à l'école où, au contraire, on nous répète sans arrêt de ne pas bouger). Il est grand temps de remercier les annonceurs pour leur rôle primordial en termes de santé publique. En 1968, quand la télévision française diffuse ses premiers spots publicitaires, l'espérance de vie est de 75 ans pour les femmes et de 67,6 ans pour les hommes. En 2018, elle est de 85,3 ans pour les femmes et de 79,2 ans pour les hommes. Merci qui ?

L'autre merveilleuse fonction de la publicité, c'est de vous faire toucher du doigt le bonheur. Exactement comme les discours des campagnes électorales. Un bonheur simple et accessible à tout le monde. Vous achetez un camembert et hop, vous avez plein de chouettes amis qui rigolent dans un pré en le partageant avec vous. Vous faites l'acquisition d'une bouteille de lait et vous voilà parents d'adorables marmots qui vous entraînent dans d'épatantes discussions métaphysiques. Vous vous munissez d'une cafetière moderne et une sublime jeune femme apparaît dès que vous dégainez vos capsules équitables des hauts plateaux péruviens.

Chez moi, le frigo est toujours plein, car j'attends le bonheur de pied ferme.

Retour sur le plateau de BFMTV pour un débat entre experts. Au menu, une excellente question : « Les services publics, au service de qui ? » Un syndicaliste à moustache et un député à cravate s'affrontent sur la fermeture d'un bureau de poste en zone rurale. Comme tout bon oracle, BFMTV va subtilement éclairer mon esprit en apportant une réponse à ma question par le biais de métaphores ingénieuses et de subtiles analogies.

Quelle était ma question, déjà ? Tous ces orgasmes publicitaires m'ont déconcentré. Ah, oui ! Comment expliquer les lamentables résultats de la France en matière d'efficacité suicidaire ? BFMTV m'oriente donc vers les services publics… Je guette l'analogie… Le moustachu est virulent. Notre échec collectif dans le secteur du suicide serait-il lié à la déshérence de nos services d'intérêt général ? Il est vrai que la suppression des lignes ferroviaires secondaires laisse de nombreux candidats au suicide esseulés sur des rails inutiles à guetter un TER qui ne viendra jamais. Les plus motivés finissent par mourir de faim, certes, mais on a sa fierté. « Son suicide par non-absorption de nourriture aura duré quatre mois », voilà de quoi vous gâcher votre enterrement.

Le cravaté m'oriente vers une autre explication. Sa réponse au moustachu exonère la politique de l'État en matière de services publics. Il met l'accent sur un mal bien français que notre président visionnaire a identifié avec beaucoup de lucidité : le conservatisme frileux. Sclérosé dans ses structures, arc-bouté sur ses principes, nostalgique de sa gloire passée, le Gaulois réfractaire n'a pas su prendre le virage de la modernité en matière de suicide. À l'heure des nouvelles technologies, l'art de la dépression à la française a pris la poussière, toujours hésitant entre la corde et l'arme à feu alors que nos voisins ont depuis longtemps changé de dimension. Dans ce domaine comme dans tant d'autres, le modèle allemand rayonne. Qui s'est suicidé à l'aide d'un Airbus A320 dans les Alpes-de-Haute-Provence en 2015 ? Pas un Français, madame, mais bien un Teuton.

Pour compléter la lumineuse parole de BFMTV, je lance une nouvelle vidéo d'un discours du président-prophète (celui du 1er avril 2017 à Marseille, un *must* en cas de coup de mou). Il pointe du doigt le problème numéro un de notre nation : la motivation.

Comme toute entreprise humaine, le suicide demande un investissement à la hauteur du but visé. Mais qui en est capable aujourd'hui en France ? Les intellectuels du *Figaro* ont tiré la sonnette d'alarme depuis longtemps. L'apathie des jeunes Français est des plus inquiétantes. Mollesse congénitale, esprit d'initiative défaillant, patriotisme en berne, les enfants gâtés de Mai 68 nourris au petit-lait de la chienlit gauchiste sont dans un triste état. Vous verrez qu'avec eux le taux de réussite des suicides est bien capable de tomber à 3 %, voire à 2 % ! Pauvre France.

Cette jeunesse affligeante, j'avoue à ma grande honte en être l'un des meilleurs représentants. Une sorte de mètre étalon du parasite velléitaire depuis ma naissance laborieuse : quatorze heures en salle de travail à hésiter sur l'opportunité de rejoindre la lumière au bout du tunnel.

Ce temps-là est bel et bien terminé. Je suis désormais un représentant du nouveau monde, capable d'aller au bout de mon suicide, CAR C'EST NOTRE PROJET !!!

Je serai le premier de cordée de la corde au cou.

*

Vingt-trois ans à dormir, douze ans à travailler, onze ans à regarder la télévision, dix ans à surfer sur Internet, sept ans à chercher le sommeil, cinq ans à manger, cinq ans à faire des travaux ménagers, quatre ans à téléphoner, trois ans à l'école, deux ans à se laver, deux ans aux toilettes, deux ans à faire les courses, un an dans les transports, un an à partager du temps avec ses amis, un an à être malade, un an à partager du temps avec ses enfants, sept mois à faire la queue, cinq mois à se plaindre, trois mois à rire, quarante-neuf jours à faire l'amour, trente-trois jours à suivre des matchs de foot.

Voilà une vie moyenne résumée en chiffres. Ça mérite une minute de silence.

*

Par où commencer ? Le mieux, quand on veut réussir dans un domaine, c'est de prendre conseil auprès de gens d'expérience. Sauf que le problème avec le suicide, c'est qu'il est difficile de mettre la main sur des spécialistes… Au mieux, vous vous trouvez confronté à des pros de la *tentative* de suicide, par définition des *losers*. Les meilleurs partent les premiers, c'est bien connu.

Notre président insiste sur la nécessité de s'adapter à la modernité pour accéder à la liberté et à la réussite. C'est pourquoi je possède un iPhone, un iPad, un iPod, un iMac et trois crédits Cetelem qui me font me sentir moderne et libre. En ce qui concerne la réussite, je dispose de l'assistant vocal de mon téléphone.

« Chérie ?

— Mon nom se prononce “Siri”.

— Chierie ?

— En quoi puis-je vous rendre service ?

— Je voudrais une méthode efficace pour me suicider.

— Je vous conseille de contacter SOS Amitié au 09 72 39 40 50.

— Ah ? D'accord. Merci Chierie, je n'y aurais jamais pensé. »

Je ne savais pas que SOS Amitié prodiguait des conseils pour en finir avec la vie, mais si mon iPhone l'affirme, qui suis-je pour exprimer mon scepticisme ? Devant le génie visionnaire des GAFA, devant la puissance algorithmique de ces rois de la Silicon Valley, devant l'ingéniosité diabolique de leurs mécanismes d'optimisation fiscale, moi, le bipolaire assisté, je ne peux que m'incliner. J'appelle SOS Amitié.

Déception. L'opérateur de SOS Amitié n'est pas au courant de ses attributions en matière de conseil. Il prétend ne pas être habilité à délivrer la marche à suivre pour un suicide réussi. Parfaite illustration de ce que l'oracle disait sur les services publics. Au service de qui ? Encore un conservateur frileux de l'ancien monde freinant notre marche inexorable vers le progrès. Peut-être même un gauchiste altermondialiste prozadistes, qui sait ?

« Pourquoi ne voulez-vous pas m'aider ?

— Je suis là pour vous offrir du réconfort, pas des conseils en suicide.

— Dans ce cas, traversez la rue et changez de métier !

— Ce n'est pas mon métier, je suis bénévole.

— Ce n'est pas une raison. Arrêtons de nous abriter derrière des excuses et agissons, a dit notre président.

— Mon rôle est de vous épauler, monsieur. Vous appelez SOS Amitié.

— Justement ! Ce n'est pas très amical de me laisser dans la difficulté. Ma femme travaille dans un centre d'appels Ipsos et elle est autrement efficace. Son superviseur, bien que soumis à l'idéologie néolibérale, apprécie beaucoup son travail.

— Votre femme ne peut pas vous aider ?

— M'aider à me suicider ?

— Non, à vous réconforter !

— Vous le faites exprès ? Si j'avais une femme réconfortante, je ne me suiciderais pas ! Profiteriez-vous par hasard de ma situation de faiblesse provisoire pour satisfaire votre soif animale de domination ? »

Silence éloquent au bout du fil. Le bougre est mis au jour. J'insiste : « Vous chercheriez à illustrer le darwinisme social cher à Michel Houellebecq que vous ne vous y prendriez pas autrement. » Le malfaisant me raccroche au nez pour rassasier son besoin de cruauté gratuite vis-à-vis du plus faible.

Je rappelle et réitère ma demande de solution éradicatrice. Le sadique altruiste, pris au piège de ses contradictions, s'agace alors que je remets en cause ses aptitudes, s'irrite quand je le traite de réactionnaire timoré, et sort de ses gonds lorsque je le soupçonne d'être un ancien Gilet jaune. Il s'exclame : « Ça suffit ! Jetez-vous par la fenêtre et laissez-moi tranquille ! » Je le remercie : « Vous voyez quand vous voulez ! Néanmoins, si je peux me permettre, le saut par la fenêtre, c'est tellement ancien monde… »

Le lâche me raccroche au nez une seconde fois. Incompétent et impoli. Pas étonnant si on y réfléchit : un type qui passe des heures à écouter des dépressifs bénévolement ne doit pas être très clair dans sa tête. Ces gens n'ont pas d'amis et ils prétendent vous expliquer comment vous en faire. On marche sur la tête. Ils feraient mieux d'aller consulter.

*

J'ai vu beaucoup de psys durant ma vie. À une époque, c'était même devenu une véritable addiction. Accro aux psys, j'en voyais jusqu'à trois par jour. Oui, grâce à l'astucieuse combinaison CMU-tiers payant, il m'arrivait de prendre trois rendez-vous chez trois thérapeutes différents dans la même journée. J'allais voir des psys pour soigner mon besoin d'aller voir des psys. Ne cherchez pas, le trou de la Sécu, c'est moi.

J'ai toujours aimé entendre des professionnels de l'analyse disserter à mon sujet. C'est si rassurant de trouver une personne qui prétend vous comprendre alors que vous n'entendez rien à vous-même. Grâce aux thérapeutes, j'ai pu mettre en pratique le précepte socratique « Connais-toi toi-même ». Grâce aux psys, je sais que je suis un obsessionnel compulsif bipolaire gravement dépressif, franchement hypocondriaque, volontiers paranoïaque et fortement inhibé à cause d'un rapport pathologique à ma mère.

Tout le monde ne peut pas en dire autant.

J'éternue. J'ai pris froid sur le paillasson en attendant Bérénice. Je me fais un grog bouillant, car le rhume se soigne au rhum. (Elle est très bonne. Je la note pour Bérénice, l'humour est le ciment du couple.)

Je me brûle le palais avec mon grog bouillant que je recrache. Je me brûle la cuisse avec le grog bouillant que j'ai recraché. Je pleure. Je pense à Bérénice et je m'interroge : peut-on se suicider en se plongeant dans un grog géant ?

On sonne à la porte. Bérénice ? Cette pause salutaire lui a fait prendre conscience que nos destins sont liés à jamais. J'ouvre. C'est mon voisin, M. Patusse. Il me demande d'arrêter de pousser des cris. Je lui explique que je me suis ébouillanté et que la souffrance consécutive à un tel acte non prémédité engendre une réaction sonore réflexe dans des fréquences inhabituelles qui peuvent dépasser les capacités d'isolation phonique du mur séparant nos appartements respectifs.

M. Patusse fronce les sourcils de douleur, car le pauvre homme est apparemment sujet à de soudaines céphalées. Il me répond que chacun peut donner libre cours à ses passions dominicales, mais en silence. C'est l'article 12 du règlement de copropriété. Je lui promets de m'y plonger au plus vite, étant moi-même friand de lecture, activité qui ouvre l'esprit, déploie l'imaginaire et offre du réconfort à l'être en quête de sens.

Puisque nous causons littérature, je demande à M. Patusse s'il apprécie Michel Houellebecq. Il me tourne le dos sans un mot et s'éloigne d'un pas fatigué, attitude houellebecquienne par excellence qui nous réunit soudain dans une osmose intellectuelle que seules permettent les belles-lettres. Joli moment.

J'éternue. Ma bouche me brûle. J'ai pris froid et chaud en même temps. Pourquoi ça ne s'annule pas ?

J'appelle Bérénice. Répondeur. Je laisse un message. « Mon amour, ton départ soudain me laisse dans un désarroi profond : sais-tu où sont les mouchoirs ? »

J'allume BFMTV pour un conseil santé. Le rhume me brouille l'esprit et diminue mon acuité intellectuelle. On ne peut pas se suicider correctement dans ces conditions.

C'est la publicité. Un nouveau parfum haute couture métamorphose une jeune femme normale en top model boudeuse, blafarde, anorexique et frigide. Ça fait rêver, mais ça n'arrange pas mon nez qui coule.

Je zappe sur C8, une chaîne efficace elle aussi pour les conseils de vie. Un moine bouddhiste en tongs est en plein débat philosophique avec un trader en costume sur le sujet : « Gagner plein de pognon, gros kiff ou pas trop ? » Le moine explique que notre existence devrait être consacrée à améliorer notre karma en vue de notre réincarnation.

L'angoisse se rallume dans les replis de mon intestin grêle et ménage un passage pour mon ennemi intime : le doute. Réincarnation ? Et si le suicide n'était pas une fin libératoire menant à un réconfortant néant ? Et si, croyant m'ôter la vie, je m'infligeais une nouvelle NDE avec long tunnel et lumière au bout ? Et si, en entrant dans la lumière… je naissais à nouveau ? J'ai déjà tiré vingt-cinq ans, est-il bien raisonnable de revenir à la case départ ?

Un moratoire sur le suicide me paraît plus sage. Je regrette encore une fois le manque de témoignages de première main sur ce geste fatal mais, en l'état actuel de mes connaissances, je préfère m'abstenir. Trop dangereux, le suicide.

*

La vie sur terre a connu cinq extinctions de masse au cours des derniers cinq cents millions d'années. La plus célèbre est liée à une météorite qui s'est écrasée dans le golfe du Mexique il y a soixante-cinq millions d'années et qui, en modifiant le climat, a éradiqué les dinosaures. Selon les spécialistes, la sixième extinction massive a débuté et serait la conséquence de nos activités polluantes. Cette fois, c'est l'espèce humaine qui pourrait disparaître.

Pour un suicide réussi, il suffit donc de patienter un peu en polluant beaucoup.

*

Malaise. Que faire ? Le suicide me donnait un objectif de vie, me voilà à nouveau démuni face à l'angoisse du dimanche à remplir. Je tente une méthode de psychologie positive que m'avait donnée un thérapeute pour me déstresser : se poser (je m'assois sur mon canapé défoncé), respirer (pas trop, il y a une alerte à l'ozone aujourd'hui), regarder le ciel (il va pleuvoir) et sourire (j'ai les lèvres gercées) en pensant « je suis vivant ». Sauf que moi, c'est être vivant qui me stresse…

J'ai peut-être changé d'idée un peu vite au sujet de mon autodestruction ? Que penserait le président aux dents du bonheur ? En même temps, lui aussi a déjà changé d'avis. Ou plutôt, *il a eu l'intelligence de s'adapter aux circonstances*, comme quand il a annulé la hausse des taxes sur les carburants face aux Gilets jaunes. Il n'y a aucune honte à revenir sur ses décisions quand des éléments nouveaux interviennent. La flexibilité, voilà le maître mot du nouveau monde. Je ne suis pas fluctuant, je suis flexible.

Dommage… J'étais pourtant bien parti avec mon plan d'éradication corporelle. Pour une fois que je portais un projet cohérent, avec une vraie finalité… Alors ? Oui ou non ? C'est compliqué. Bérénice me reproche de changer sans cesse d'avis. Elle dit que je n'ai aucune suite dans les idées. Je dis oui, et l'instant d'après non. Elle a tort, je ne suis pas comme ça.

Si, Bérénice a raison, c'est moi tout craché.

Elle a tort.

Elle a raison.

Flexibilité. C'est essentiel, la flexibilité.

Non. Si.

Je reprends le fil du passionnant débat sur C8 afin d'interrompre cette polémique intérieure qui m'épuise. Le trader ricane avec l'air satisfait de celui qui connaît les critères du triple A de Standard & Poor's. Il explique au moine bouddhiste que nous n'avons qu'une vie, qu'elle est courte et que notre seul objectif devrait être de réaliser nos rêves. À savoir, gagner un pognon de dingue. Le monde est fait pour les *winners*. Vis tes rêves, ne rêve pas ta vie, comme disait Lao Tseu ou Patrick Balkany. À cinquante ans, si tu portes des tongs et un pagne rouge, t'as raté ta vie.

Le trader a raison. Je vais me concentrer sur l'essentiel, façon *winner* :

1) Reconquérir ma femme.

2) Prendre un Aspro contre le rhume.

Je vais commencer par le 2.

*

Quand je dis « ma femme », nous ne sommes pas mariés avec Bérénice. Je n'ai rien contre le mariage en soi, c'est seulement qu'en trois semaines de vie commune, et avec mes nuits de treize heures, nous n'avons pas eu le temps d'en parler.

J'ai rencontré Bérénice à un stage d'art-thérapie comportemental et cognitif orienté développement personnel auquel un psychiatre m'a demandé de m'inscrire avant de fermer son cabinet pour entamer une dépression nerveuse dans laquelle j'ai peur d'avoir quelque responsabilité.

L'avantage des rencontres dans un stage d'art-thérapie comportemental et cognitif orienté développement personnel, c'est qu'on sait tout de suite à qui on a affaire. La plupart des personnes qui démarrent une relation amoureuse attendent quelques semaines avant de déballer leurs névroses. Avec ce type d'atelier, on gagne du temps et on n'a pas de mauvaises surprises : on sait dès le départ que son futur conjoint n'est pas net dans sa tête. En outre, on est certain d'avoir toujours un sujet de conversation. Les désordres mentaux, c'est un champ inépuisable. Pas de risque de se heurter aux silences gênants qui créent des malaises dans le couple.

C'est pourquoi je drague uniquement dans ce contexte, contrairement aux personnages de Michel Houellebecq qui cherchent toujours à séduire dans des catégories qui ne leur correspondent pas. Résultat, soit ils prennent des râteaux, soit ils sont déçus par leur relation. Dans tous les cas, ils finissent chez les prostituées. Moi, je ne vais jamais voir de prostituée, car je m'oppose fermement à toute forme d'exploitation du corps de la femme. (En plus, c'est trop cher quand on est au RSA.)

Concernant Bérénice, son parcours est des plus poignants. Suite à une enfance difficile dans une famille de végétariens zoophiles, une adolescence perturbée par une pilosité anarchique, un mariage avec un boxeur susceptible et un divorce par affrontement mutuel, Bérénice a développé des phobies, des TOC, un grave manque de confiance en elle, une tendance à la paranoïa et des pulsions agressives.

Je suis tout de suite tombé fou amoureux.

Pour reconquérir Bérénice, je dois d'abord comprendre pourquoi elle m'a quitté. Procédons avec méthode, car on sait depuis quatre cents ans, grâce à René Descartes, que rien de grand ne peut se faire sans méthode. Opérons donc étape par étape :

1) Je prends une bière pour m'aider à réfléchir.

2) Je prends une deuxième bière.

3) Je prends un Martini parce que je n'aime pas la monotonie.

4) Je prends une troisième bière parce que je n'aime pas le Martini.

5) Je ne comprends toujours pas pourquoi Bérénice m'a quitté.

6) Il faut que je trouve une autre méthode.

7) Y a-t-il une méthode pour trouver une bonne méthode ?

8) René ?

Je mets en œuvre la procédure d'urgence en situation de crise : je regarde une vidéo du président-prophète. Quand il me parle de sa voix douce et pédagogique en articulant lentement chaque syllabe, ça m'apaise.

Bérénice l'aime beaucoup parce qu'il est jeune, moderne et disruptif.

Je liste mes atouts. Moi aussi, je suis jeune (j'ai seize ans de moins que le président. En fait, il est vieux !). Moi aussi, je suis moderne (j'ai un iPhone et des crédits Cetelem). Problème : suis-je assez disruptif ? Problème n° 2 : que signifie « disruptif » ?

Je demande la définition à Chierie, mon assistant personnel Apple. *DISRUPTIF, -VE, adj. Terme littéraire rare. Qui tend à une rupture.* Voilà où le bât blesse. Je ne tends absolument pas à une rupture. Je ne suis pas du tout disruptif. Pourquoi personne ne m'a appris à être disruptif ?

Je ne comprends pas Bérénice. Elle rompt avec moi parce que je ne tends pas à la rupture. Donc si je tendais à la rupture, elle resterait avec moi. Mais si je tendais à la rupture, je romprais avec elle. Donc, je prends un Xanax.

Le départ soudain de Bérénice a manifestement un lien avec ses névroses. Sa peur de l'attachement ? Sa crainte du temps qui passe et de l'amour qui s'étiole ? Son manque de confiance ? Oui, elle a dû se persuader qu'elle ne me méritait pas. Classique. Elle a préféré partir avant que je la quitte. Détruire avant d'être détruite. Pauvre Bérénice, comme elle doit s'en vouloir. Je bois une bière.

On sonne à la porte. Chaton ? J'ouvre. C'est M. Patusse. Il m'informe que notre trottoir est couvert de verre brisé. Des bouteilles de bière, semble-t-il. Et comme mon voisin veille activement à ce qu'aucun SDF ne s'installe aux alentours, il pense que le responsable se trouve dans l'immeuble. Je le rassure : ce n'est pas moi, je ne bois pas. Puis, afin de tempérer ses inquiétudes quant à la fréquentation de notre rue, je l'informe de la bonne nouvelle : notre président disruptif a promis qu'avec lui plus personne ne dormirait dehors en France, l'activité de veille sanitaire et citoyenne de mon voisin pourra donc très bientôt prendre fin.

M. Patusse approche son visage du mien et me renifle. J'ouvre la bouche pour l'informer de l'existence du concept de « distance intime ». Face à son manque évident d'appétence pour la conceptualisation, je recentre la discussion sur un de ses thèmes de prédilection : pensez-vous que le dynamisme de notre économie doive l'emporter sur la protection ankylosante des droits acquis ? Faut-il dépoussiérer les statuts trop rigides de la fonction publique ? L'État-providence a-t-il vécu ?

D'accord, je descends nettoyer le trottoir.

*

Selon certains de mes amis, il m'arrive parfois de manquer de caractère. D'autres amis avancent que je me laisse facilement marcher sur les pieds. Quelques amis vont même jusqu'à me traiter de « timoré » et de « pusillanime ».

J'ai heureusement trouvé la solution pour améliorer la situation : je ne vois plus mes amis.

*

Je m'implique avec zèle dans l'activité de ramassage de tessons, car j'ai pour ambition de les recycler afin de participer au sauvetage de la planète. Je me coupe un doigt, mais je supporte la douleur pour le bien des espèces menacées. Avec ce que j'ai récupéré, j'ai déjà sauvé au moins trois bébés phoques.

Mme Patusse, qui depuis le début de l'opération m'apporte un soutien moral de sa fenêtre, m'informe que « le verre, c'est dangereux ». Je saigne. Posté à une autre fenêtre, M. Patusse affirme que « c'est l'alcoolisme qui est dangereux ». Un débat conjugal s'engage. Je saigne beaucoup. Mme Patusse explique que « les doigts, ça saigne toujours beaucoup ». M. Patusse soutient que « les oreilles, ça saigne davantage ». La polémique s'enflamme. Je ramasse, je saigne, je pleure, j'ai envie de manger des chips.

Il n'y a plus de verre sur le trottoir, mais il y a beaucoup de sang. L'opération ramassage est-elle à valeur nulle ? Non, si l'on considère que le sang n'est pas dangereux. Oui, si je suis porteur du virus du sida. Les Patusse ont sans doute un avis, mais ils ont fermé leurs fenêtres, car il s'est mis à pleuvoir. Je remonte chez moi trempé, avec une main enroulée dans un mouchoir et une grosse angoisse. Et si j'avais le sida ? Dans le doute, je prends un Aspro effervescent.

Je dois soigner ma coupure. Je laisse un message à Bérénice. « Mon amour, ton départ soudain me laisse dans un désarroi profond : sais-tu où se trouvent l'alcool à 90°, les pansements et les chips ? »

Bérénice ne me rappelle pas, car son superviseur est intraitable avec les coups de fil personnels dans un souci de performance proactive. Heureusement, les nouvelles sont bonnes : j'ai trouvé les chips. En revanche, toujours pas d'alcool à 90°. Peut-on attraper le tétanos quand on a le sida ? Un virus peut-il cohabiter avec une bactérie ? Qui est le plus fort ? La bactérie du tétanos peut-elle attraper le sida ? J'ai l'impression que mon cerveau entre dans une phase d'accélération. J'appelle mes parents pour trouver un peu de réconfort.

Le répondeur du gardien me rappelle les horaires d'ouverture du Père-Lachaise. Je laisse un message à transmettre à M. et Mme H., division 6, juste à côté de la tombe de Jim Morrison. Pour des gens qui ont toujours vécu en HLM, ça fait un joli changement de standing. Mais pour mon affaire d'alcool, ça n'aide pas beaucoup. *This is the end ?*

Je me désinfecte à la bière à 6,8° et je me fais un bandage avec le torchon pour la vaisselle. C'est ce qu'aurait fait Jim Morrison. *My only friend, the end ?*

Il faut que je mange un peu pour reconstituer le sang perdu. Je me fais un sandwich jambon-Aspro-chips arrosé d'une Heineken à l'huile essentielle d'eucalyptus radié. J'ai besoin de toutes mes forces pour reconquérir Bérénice. La solitude n'est pas bonne pour moi, car Aristote a dit que l'être humain était un animal social. Et on doit toujours écouter les barbus grecs de l'Antiquité qui ont soutenu la philosophie, la démocratie et l'esclavage.

*

J'étais un enfant renfermé qui avait du mal à établir des liens avec ses camarades. Quand, à la crèche, vous refusez de participer à l'opération *Échange des sucettes* pour raisons d'hygiène, vous êtes vite ostracisé par le groupuscule Bavoir & Peluche. Quand, à l'école primaire, vous dénigrez l'approche capitaliste qui sous-tend toute partie de jeu de billes, vous devenez favori de l'élection de la tête de Turc de l'année. Quand, au collège, vous présentez un exposé intitulé *Massacres, épidémies et catastrophes naturelles à travers les âges*, vous réussissez l'exploit de vous mettre à dos à la fois le corps professoral et la meute adolescente. Et quand l'heure sonne d'entrer au lycée, votre capital séduction auprès des filles est inversement proportionnel à votre aura de bouc émissaire.

J'éprouve des angoisses aiguës qui altèrent mon rapport à la réalité. C'est ce que m'a expliqué le premier psychologue que m'ont emmené voir mes parents. Ma mère était inquiète. Elle me trouvait solitaire, confus, oublieux, et elle avait remarqué que je mélangeais le réel et la fiction. Comme le jour où j'avais prétendu l'avoir surprise en train d'examiner la tuyauterie du plombier sur le canapé du salon. Ma mère avait ri jaune, mon père avait vu rouge, depuis je broie du noir.

Bérénice est partie depuis trois heures et vingt-six minutes, et j'ai déjà attrapé un rhume, une blessure à la main et sans doute le sida. Ça ne peut pas continuer comme ça. Je tape « Comment reconquérir sa femme ? » sur Google. Il y a un million neuf cent cinquante mille résultats. C'est très encourageant.

Je consulte le site de David Bolton, un psychothérapeute québécois aux dents bien alignées qui propose « une méthode infaillible pour récupérer l'amour de sa vie ». La chance est avec moi : un seul clic, et déjà une méthode infaillible. J'envoie 49,99 euros par carte bleue à David Bolton. C'est vraiment donné pour récupérer l'amour de sa vie.

Je reçois la méthode infaillible dans ma boîte mail. David est un psychologue d'exception, ses analyses touchent directement au cœur. Florilège du texte introductif : « Lorsque vous perdez l'amour, c'est votre existence entière qui s'effondre. » C'est exactement ça ! « La rupture est un événement traumatisant. » Et comment ! « Si votre partenaire de vie a choisi de partir, vous plongez en enfer. » Plutôt deux fois qu'une !

David a tout compris. Il a dû vivre une terrible rupture. Je lui envoie un message de soutien avant de me replonger dans ma lecture.

« Chapitre 1 : La pause salutaire. Avant de reprendre contact avec votre ex, faites une pause afin de vous reconstruire. » David a raison. J'ai fait trois heures et trente-neuf minutes de pause depuis le départ de Bérénice, je me sens bien reconstruit.

« La pause pourra durer plusieurs jours. » Plusieurs jours ? « Mais le mieux serait une pause de plusieurs semaines pour analyser les raisons de votre échec. » Des semaines ??? « Plusieurs mois de pause seraient l'idéal pour vous retrouver. » Mais enfin, David ???????

J'envoie un mail d'insultes à David.

J'envoie une demande de remboursement à David.

J'envoie un message d'excuses à David. Je me suis emporté à cause de la blessure narcissique consécutive à la découverte de ma non-disruptivité.

J'aurais dû réfléchir avant de cliquer. La méthode de David est adaptée aux Québécois, pas aux Latins. Ces gens-là sont ankylosés par le froid, c'est bien connu. Nous sommes des sanguins, avec un bouillonnement intérieur amplifié par le réchauffement climatique, la faible rémunération du livret A et la difficulté à tempérer le libéralisme par des politiques redistributives.

Je tape « Comment reconquérir sa femme en moins de vingt-quatre heures ? » sur Google. Il y a trente-neuf millions sept cent mille résultats. C'est très prometteur.

La page d'accueil du Grand Maître burkinabé Maladoudouséké met en confiance. D'abord, j'ai affaire au plus grand marabout du monde, certifié par le Cercle international des sorciers des quartiers nord de Ouagadougou. Ce n'est pas rien. Il a trente ans d'expérience dans le retour de l'être aimé en vingt-quatre heures chrono, 100 % garanti, satisfait ou remboursé, aucun risque. Et surtout, Maladoudouséké fait une promo exceptionnelle jusqu'à fin janvier : pour le même prix, il offre le retour en huit heures ! Bérénice reviendra à 19 h 47 pour le souper. C'est épatant, car j'ai horreur de manger seul. En option, le Grand Maître Maladoudouséké peut aussi m'offrir la réussite au jeu, la vitalité des organes du sexe, l'augmentation de mon chiffre d'affaires, la protection contre le mauvais œil et la guérison du sida par apposition des mains au téléphone. C'est l'homme de la situation. La chance est avec moi. Je lui envoie une photo de Bérénice, plus 49,99 euros par carte bleue.

Réponse immédiate, le Grand Maître est toujours sur le pont. Il m'annonce qu'il va s'occuper de Bérénice avec tous les pouvoirs conférés par ses ancêtres et il me propose même, pour patienter, un rabais de 50 % sur la guérison du sida par apposition des mains. Je profite de l'aubaine. Vive le Burkina Faso.

Je vais faire ma sieste, rassuré. La matinée a été intense.

Piotr, mon voisin comédien drogué, me réveille en poussant le volume sonore de sa musique à un niveau permettant aux décibels de franchir les barrières de son cérumen mental. C'est comme ça tous les jours. Il est temps d'agir : je prends un Prozac.

*

Citalopram, Cymbalta, Deroxat, Effexor, Fluoxétine, Norset, Paroxétine, Prozac, Seropram, Stablon, Zoloft : quand je n'arrive pas à dormir, je compte les antidépresseurs.

À l'école primaire, mes camarades se goinfraient de carambars, chamallows et autres fraises Tagada. Moi, je préférais les pilules roses. Ils étaient accros aux bonbecs, je carburais déjà aux benzodiazépines.

Je prends des anxiolytiques depuis l'âge de huit ans, mais je ne suis pas tout seul. Les Français en font une forte consommation, car ils ont à cœur de soutenir un des fleurons de l'excellence à la française : l'industrie pharmaceutique. Comme l'expliquent très bien des intellectuels médiatiques nostalgiques, nous vivons dans un monde anxiogène marqué par l'urbanisation et l'isolement social, à l'opposé du village d'autrefois, de ses liens familiaux étroits et de ses solidarités de voisinage. Avant, on se détestait, on se battait, on se violait, on se dénonçait, on se vengeait, mais en famille et entre voisins. C'était quand même plus convivial.

Les chiffres sont clairs : plus un pays est développé, plus la consommation de psychotropes augmente. Plus les gens vivent dans le confort, plus ils sont dépressifs. Plus ils vivent longtemps, en bonne santé et en mangeant à leur faim, plus ils voient la vie en noir.

S'il faut en conclure que c'est le bonheur qui rend malheureux, on n'est pas sorti de l'auberge.

*

J'interromps ma sieste, car une question me trotte dans la tête. Pourquoi Bérénice m'a-t-elle dit en partant que ses livres me seraient utiles ? Comme je suis une personne intuitive, je sens que sa phrase recèle un message voilé. Un appel… Presque une supplique… Michel, mon Michel, la clé de mon départ se trouve dans mes livres. Lis-les comme tu lirais en moi. Découvre mon secret dans leurs pages. Alors, nous pourrons nous retrouver et sublimer notre amour… Oui, c'est ça, les livres !

Je déballe le carton que m'a laissé Bérénice et je passe sa bibliothèque en revue : *La Formule du bonheur*, *La Clé du bonheur*, *L'Art du bonheur*, *Le bonheur n'est pas loin*, *Le bonheur est tout près*, *Le bonheur est au fond du couloir à gauche*, *Le bonheur est un pinson gracile qui chante à ton oreille, l'entends-tu ?* et *Comment sortir de la mycose de l'ongle.*

Tout devient clair. Bérénice m'a laissé un message subliminal. Je comprends enfin pourquoi elle m'a quitté, la douleur nous conduit souvent à faire des choses absurdes. Elle a une mycose de l'ongle !

Une question me taraude : pourquoi Bérénice m'a-t-elle dit que ses livres me seraient utiles alors que je n'ai pas de mycose ? Peut-être un message se trouve-t-il à l'intérieur d'un de ces ouvrages ? Je les feuillette. Bérénice y aurait-elle glissé une lettre dévoilant un terrible secret de famille qui justifierait son départ précipité ? Un document jauni relatif à un traumatisme d'enfance qui l'empêcherait de construire une relation épanouissante avec un individu de sexe masculin ? Une mèche de cheveux afin que je procède à un test ADN dans le but d'écarter tout soupçon de consanguinité dans notre couple ? Je ne sais quoi penser, car – c'est un de mes défauts – je n'ai pas d'imagination.

Je repose *Le bonheur est au fond du couloir à gauche* parce que ses pages sont pleines de sang. Ma blessure à la main s'est rouverte. Je me fais un nouveau bandage avec un coton à démaquiller et du scotch de Bérénice. Mon amour m'a laissé de quoi stopper l'hémorragie, c'est un signe positif, je me sens galvanisé.

Mes draps aussi sont couverts de sang. Mon lit ressemble à une scène de crime. Si un policier passait par là, il se poserait des questions.

On sonne à la porte. La police ? Une boule d'angoisse noue mon plexus solaire. Je songe à sauter par la fenêtre, courir en direction du métro, me perdre dans la foule, prendre un Eurostar pour Londres, embarquer sur un cargo pour l'Amérique du Sud, puis j'ouvre la porte, épuisé.

C'est M. Patusse, un homme qui affiche sans relâche une admirable volonté de resserrer les liens de voisinage dans une époque marquée par le repli sur soi et l'anonymat urbain. Il me signale qu'il y a du sang partout dans le hall d'entrée. Je le remercie pour sa lutte contre l'anonymat urbain. Il me répète son histoire de sang partout. Je le rassure : je n'ai pas le sida. Il me répond : « Tant pis, mais peut-être avez-vous une serpillière ? »

*

Dépression réactionnelle, dépression saisonnière, dépression mélancolique, dépression bipolaire, dépression amoureuse, dépression réfractaire, dépression psychotique, dépression atypique, je les ai toutes faites.

Il ne me manque que la dépression post-partum. J'espère pouvoir compléter ma collection un jour.

Histoire d'aller au bout de quelque chose, pour une fois.

*

M. Patusse me prête une serpillière, car il faut s'entraider entre frères humains sinon c'est la fin de la civilisation judéo-chrétienne. Je remarque qu'il s'agit d'un produit *made in France*, et je félicite mon voisin pour son patriotisme économique et sa conscience écologique. J'en profite pour consolider nos liens nouveaux à l'aide de questions complices : quelle est votre position vis-à-vis des climatosceptiques ? Pensez-vous que limiter les émissions de CO_2, c'est restreindre les libertés individuelles ? Avez-vous des idées pour prévenir le dégel du permafrost ?

M. Patusse claque sa porte sans un mot, sa pudeur naturelle l'empêche encore de livrer son intimité.

Alors que je me livre à la noble tâche d'enlever les taches (le potentiel humoristique d'un simple accent circonflexe est fascinant), M. et Mme Patusse sortent pour leur traditionnelle promenade digestive dominicale avec Théodore, leur setter irlandais asthmatique.

J'adore les animaux. J'ai d'ailleurs longtemps cohabité avec un hamster russe boulimique décédé d'une indigestion de pipasols. Heureuse époque dont le souvenir réveille toujours en moi une poignante nostalgie et une haine farouche de la graine de tournesol. J'adresse un geste amical à Théodore pour lui signifier que je soutiens à 100 % le combat civilisationnel contre la maltraitance animale, contre le broyage des poussins, contre la castration des porcs et pour les œufs élevés en plein air. Théodore éternue pour plussoir ma vision d'une société moderne et évoluée. Ses maîtres me remercient en prenant sur leur temps libre pour m'aider dans mon labeur : il reste des traces de sang là, là et aussi là.

Je termine le nettoyage tout en…

Et là.

Je termine le nettoyage tout en concluant les débats sociétaux que j'avais lancés avec moi-même pour m'occuper l'esprit. Pour ou contre le travail du dimanche ? Contre. Pour ou contre exiger une activité bénévole aux bénéficiaires du RSA en contrepartie du versement de l'allocation ? Contre. Pour ou contre une installation pérenne de mon organisme dans un canapé moelleux ? Pour.

Je m'allonge dans mon canapé et reprends les livres de Bérénice là où je me suis arrêté : donc *Comment sortir de la mycose de l'ongle* (la base), *Le bonheur est dans votre assiette*, *Le bonheur est dans votre jardin*, *Le bonheur est dans vos toilettes*, *Le bonheur, c'est quand tu crois que ta deuxième vie est finie alors que la première n'a pas commencé (et vice versa)*, *Le bonheur est un papillon chamarré qui se pose sur ton épaule, le vois-tu ?*, *Le Bonheur par les plantes* et *Le Bonheur par les desserts très sucrés.*

Nos livres reflètent nos âmes. Me suis-je suffisamment intéressé à Bérénice ? Ai-je essayé de comprendre le cœur assoiffé d'idéal qui battait derrière sa névrose ?

Je me suis montré beaucoup trop autocentré au lieu de partager ses passions qui s'expriment si bien dans les titres de sa bibliothèque. Pour reconquérir mon amour, je dois me plonger dans son univers, me mettre dans ses pas, ne faire plus qu'un avec ses préoccupations, vivre ce qu'elle vit pour comprendre qui elle est.

L'objectif est clair : je dois attraper une mycose.

*

Selon certains de mes psys, un de mes problèmes majeurs serait le déni.

Le déni est une notion théorisée par Freud pour désigner le refus d'assumer certains aspects de la réalité. Il s'agirait d'un mécanisme de défense face à un réel trop douloureux à accepter, comme chez les femmes qui refusent d'admettre qu'elles sont enceintes et qui font un déni de grossesse.

Pour être honnête, je n'ai jamais compris cette histoire de déni à mon propos. Je ne vois pas en quoi cela me concerne : je ne suis pas enceinte.

J'entre à la piscine municipale où je n'ai pas plongé un orteil depuis ma classe de sixième. D'émouvants souvenirs se bousculent dans ma tête. Cédric Marivaud qui me coule, Damien Lopez qui me recoule, Thomas Grimal qui baisse mon maillot alors que je suis en train de dire à Coralie Martel que j'aime beaucoup ses couettes. Nostalgie, quand tu nous tiens.

L'émotion est d'autant plus forte que je porte le maillot de ma classe de sixième. Un peu moulant, mais ça passe. Mon bonnet de bain en revanche est flambant neuf. Un cadeau de rupture d'une ex, une nageuse hydrophobe rencontrée dans un stage psychologie positive et massages aux algues à Berck-sur-Mer. Je le place sur ma tête avec une intense culpabilité, car il arbore le sigle d'une marque d'équipements sportifs connue pour offrir des contrats mirifiques à des gens qui tapent dans des ballons fabriqués pour un salaire de misère par des ouvriers asiatiques. Le retour de Bérénice est en jeu, je dois faire des concessions, j'enfile mon capuchon ultralibéral.

À la sortie des vestiaires, je dévisage les nageuses à la recherche de Coralie Martel. On ne sait jamais. Une jeune femme me demande si j'ai un problème. Je lui réponds que c'est très aimable à elle de s'informer des difficultés potentielles d'un inconnu dans une époque marquée par l'individualisme roi. Cela fait chaud au cœur de constater qu'il existe encore des lieux où l'on s'intéresse au sort d'autrui avec bienveillance. Les intellectuels du *Figaro* devraient aller plus souvent à la piscine afin de se rassurer sur notre époque.

Une autre nageuse me demande si je veux sa photo. Je trouve la proposition un peu abrupte. Peut-être suis-je vieux jeu sur le sujet des relations homme-femme, mais j'apprécie de faire le premier pas dans le domaine de la séduction, surtout quand je porte un bonnet de bain sur la tête et un gant Mapa pour protéger ma blessure à la main. Attention aux nouveaux comportements féministes qui déstabilisent l'homme moderne en brouillant ses repères.

Soucieux de ne pas participer à cette tendance sociétale responsable d'une crise de la virilité, je lui signifie un refus poli. En plus, je suis déjà en couple.

*

Trois semaines de vie commune avec Bérénice. Vingt et un jours, cinq cent quatre heures, trente mille deux cent quarante minutes, un million huit cent quatorze mille quatre cents secondes. Des chiffres vertigineux. Mon record.

Et je ne parle même pas des nanosecondes.

*

Un maître-nageur me demande si j'ai un problème. Je ne me souvenais pas que la piscine était un lieu aussi empreint d'altruisme. Je m'y rendrai plus souvent afin de profiter de ces admirables contemporains qui font mentir les prosélytes du déclinisme moral. Les sportifs sont une grande famille, j'adresse au maître-nageur un signe de fraternité.

Un second maître-nageur me demande si tout va bien. Je le rassure et j'apporte ma contribution à l'atmosphère positive du lieu en le félicitant pour l'excellent choix de son short de bain aux motifs fort attrayants à base de planches de surf et crustacés. Cette piscine est sensass. Dès mon retour, je lui mets cinq étoiles sur TripAdvisor.

Le premier maître-nageur repasse. Il souhaite savoir pourquoi je stationne depuis un quart d'heure dans le pédiluve devant la douche des femmes. Je me permets de lui signaler que cela ne fait que douze minutes, même si le temps est relatif selon Einstein. Puis je m'interroge : un homme qui passe sa journée en slip dans des vapeurs de chlore est-il apte à comprendre ma stratégie pour retrouver l'amour de Bérénice ? Dans le doute, je lui demande s'il connaît le taux de concentration mycosique de son pédiluve. C'est pour une reconquête sentimentale.

Trois maîtres-nageurs me sortent de force du pédiluve. L'un d'eux ressemble fortement à Thomas Grimal, je m'agrippe à mon maillot. Je tente une feinte inspirée de la botte de Nevers, apprise dans un film de cape et d'épée avec Jean Marais, et je m'échappe en me faufilant telle une anguille entre leurs mollets poilus et tatoués. Je prends le temps de me féliciter de cette exceptionnelle réactivité, inédite chez moi (sans doute une interaction chimique entre le chlore et le Lexomil), puis je saute dans le grand bain afin de m'échapper à la nage. J'enchaîne brasse coulée, crawl coulé, papillon coulé et, après une rencontre inopportune avec la paroi carrelée, touché coulé.

Les maîtres-nageurs me récupèrent au fond du bassin puis, sans me laisser le temps de dire glouglou ni même d'enfiler mon pantalon, entreprennent de m'expulser de la piscine municipale alors même qu'elle serait financée par mes impôts si je payais des impôts. C'est un scandale, une atteinte inadmissible au droit élémentaire de l'être humain de s'hydrater l'épiderme, et une triple entorse à la fière devise de notre République. J'avertis les factieux fascisants : je serai impitoyable sur TripAdvisor.

Je résiste, je perds, je sors.

Banni sur le trottoir, dans mon short de bain trop petit, avec mon bonnet d'exploiteur sur la tête, je ressens de plein fouet la misère de la condition humaine. Je me sens K. dans *Le Procès*, de Kafka. Je me sens Florent-Claude dans *Sérotonine*, de Michel Houellebecq. Je me sens Mick dans *Le Club des cinq en péril*, d'Enid Blyton (une terrible histoire). Cette proximité avec quelques grandes figures de la littérature adoucit un instant mon désarroi métaphysique, même si je suis obligé de confesser, penaud, cette réalité assez décevante sur un plan transcendantal : je me les caille.

Une jeune femme passe devant moi en gloussant. On dirait Coralie Martel. Je lui fais un signe de fraternité de la main. Elle s'en va en courant, car le rythme de la vie moderne est implacable. Je la préférais avec des couettes.

Thomas Grimal réapparaît à la porte de la piscine. Je m'agrippe à mon maillot. Il me rend mon pantalon, mon pull et mon sac de sport. La force brutale a fini par céder devant la résistance passive, les zadistes auraient été fiers de moi. On a oublié de me rendre mes chaussures, mais ce n'est pas grave : je n'en suis que plus en phase avec la nature, ma voûte plantaire au contact direct des forces telluriques (fierté des zadistes au carré).

*

Dans la nature, certains animaux vivent dans un stress permanent. De leur naissance à leur mort, les souris, les lapins ou les musaraignes pygmées sont rongés par l'angoisse de se faire croquer, condamnés à se terrer au fond de leur cachette, sursautant au moindre bruit.

À l'autre bout de la chaîne alimentaire, les lions passent leurs journées à faire la sieste, vautrés dans la savane comme des rois fainéants. Ils ne s'agitent de temps en temps que pour copuler ou becqueter une gazelle, et ils sont parfaitement étrangers à l'idée de stress.

En tant que Français citadin vivant à cinq mille kilomètres de la savane la plus proche et gratifié d'une espérance de vie de 79,2 ans, je n'ai aucun prédateur.

Question : pourquoi est-ce que je vis aussi stressé qu'une musaraigne pygmée alors que je devrais profiter comme un lion ?

*

J'arrive devant la porte de mon immeuble en même temps que le couple Patusse, qui me jette des regards flirtant avec la réprobation, car je suis pieds nus dans la rue. Comme chacun sait que les propriétaires de mammifères (chien, chat, enfant) apprécient au plus haut point que l'on s'intéresse à leur petit protégé, j'opère une habile diversion en m'enquérant des hobbies de Théodore : a-t-il profité de la promenade pour déféquer de façon harmonieuse ? En ce qui me concerne, je souffre d'une faiblesse digestive liée à un déséquilibre acido-basique que je traite à l'aide de plasma marin isotonique qui rééquilibre les liquides internes. Je peux donner la référence aux Patusse s'ils le souhaitent. Ils vont y réfléchir.

Afin de marquer quelques points supplémentaires, j'étale ma culture en matière de canidés. Savez-vous que les chiens à Paris produisent chaque année cinq mille huit cent cinquante-neuf tonnes de déjections, immense réservoir d'agents pathogènes à l'origine de nombreuses parasitoses chez les enfants ?

M. Patusse est impressionné par l'énergie que je mobilise pour enrichir mon savoir livresque. Il m'invite à la consacrer désormais à me trouver une activité rémunératrice qui me permettra d'acquérir une paire de chaussures et de quitter *de facto* la catégorie « artiste de rue altermondialiste ». Je rassure mon voisin : si mon inactivité actuelle est la conséquence du changement de paradigme nous menant de l'économie fordiste à l'économie numérique, j'ai toute confiance dans la relance keynésienne menée par notre président aux dents du bonheur pour profiter à court terme d'un ruissellement bienfaiteur en termes de CDI émancipateur, retraite complémentaire et tickets-restaurant.

M. Patusse lève les yeux au ciel pour guetter le ruissellement. Théodore couine. Mme Patusse couine. M. Patusse entraîne sa famille dans l'immeuble d'un geste paternaliste un peu déplacé en pleine époque #MeToo, mais je m'abstiens de le lui faire remarquer pour ne pas altérer la qualité de notre nouvelle relation repartie du bon pied (nu).

De retour au salon, je fais un débriefing de l'opération mycose avec inspection des extrémités à la loupe. Dans l'ensemble, tout s'est bien passé. Les résultats sont attendus avec impatience. Il est urgent que Bérénice revienne, ma vie va à vau-l'eau (de piscine bien sûr, car l'humour est le parpaing du couple).

*

J'aime beaucoup l'humour, mais ce n'est pas une activité dans laquelle j'excelle. Il faut dire que, en général, je ne suis pas du genre à exceller dans des activités. Le seul moment où j'arrive à faire rire les gens, c'est quand je leur dis mon nom. Je m'appelle Michel H., tout court. Les noms de famille à une lettre sont rarissimes. Il y a un certain nombre de familles A, O et M réparties sur le territoire français, mais H. est unique. Surtout depuis le décès de mes parents : je suis le dernier H. sur terre.

Particularité supplémentaire : le point qui suit la lettre H, comme pour signifier qu'il s'agit de l'abréviation d'un nom plus long. J'ai demandé à mes parents l'origine de cet étrange patronyme, et leurs réponses ont montré à quel point eux-mêmes étaient fascinés par ce mystère. Ma mère a trouvé que je me posais trop de questions, comme d'habitude, et mon père a dit que je l'empêchais de suivre le match, comme toujours.

J'ai fait des recherches généalogiques sur Internet, mais ça n'a rien donné. Tout ce qui existe apparaît sur Google, or mon nom de famille n'apparaît pas sur Google, donc… Syllogisme flippant.

Avec mon H. tout court pointé, j'ai toujours eu l'impression qu'il me manquait un bout. « Un bout de cerveau », me disait une ancienne compagne qui avait beaucoup d'humour, elle. Je lui expliquais que j'étais tronqué, incomplet, inachevé. Elle me répondait que la vaisselle aussi était inachevée en me tendant une éponge.

Pendant longtemps, j'ai nourri l'espoir d'être l'homonyme de Michel Houellebecq, mon humoriste préféré. Quelques mois durant, j'ai même essayé de lui ressembler en adoptant son costume de scène si peaufiné, de son concept coiffure à son *smoking style* en passant par ses choix *fashion*. Mais mon ex aurait préféré que j'imite plutôt son style d'écriture, d'après ce que j'ai compris de sa lettre de rupture qui a clôturé six jours de vie commune et ouvert six mois de déprime (conformément à mon ratio habituel période conjugale/dépression réactionnelle).

Bérénice revient dans cinq heures et quarante-quatre minutes grâce au Grand Maître burkinabé, et mes orteils sont nickel. Je demande à Chierie combien de temps met une mycose pour se développer. Il me répond qu'il n'a pas compris la question. La crédibilité de la Silicon Valley en prend un coup. Gare au Dow Jones.

En attendant l'éclosion mycosique, je me reconcentre sur Bérénice afin de ne pas être pris au dépourvu à son retour. Je tape sur Google : « Comment garder l'être aimé une fois qu'on l'a reconquis ? » Je trouve pléthore de conseils délivrés généreusement. Internet me donne foi en la bonté de l'être humain.

Je m'inscris sur un forum d'échange sur l'amour « qui est une valeur fondamentaliste et structuralisatrice que trop de gens on tendence au jour d'aujourd'hui a négligé pas comme dans l'ancien temp de nos ainé car c'étais mieux avant quand même » (je cite l'attractive page d'accueil judicieusement spécialisée dans l'amour pour dysorthographiques nostalgiques).

Je reçois un mail de bienvenue qui me propose une inscription gratuite à une agence matrimoniale pour à peine vingt euros de frais de dossier.

Je reçois un message de bienvenue qui m'accorde l'accès gratis à un site de rencontres en ligne pour à peine un euro par jour.

Je reçois quinze messages de bienvenue qui m'offrent des fleurs, de la lingerie et des sex toys en cadeau à des prix sacrifiés.

Je reçois une proposition de « rendez-vous coquin ». Une certaine Vanessa, quarante-deux ans, naturiste convaincue, pratique une activité de succion à moins d'un kilomètre de chez moi.

Je réponds : « Chère Vanessa, merci pour votre aimable proposition. Je ne peux malheureusement y donner suite dans l'immédiat, car je suis occupé à attendre Bérénice qui revient dans moins de six heures. Cordialement. »

Une dénommée Josiane, cinquante-huit ans, affligée d'un surpoids mammaire conséquent et d'un dénuement vestimentaire certain, cherche activement l'assistance d'un jeune homme à moins de cinq cents mètres de chez moi.

J'assure Josiane de ma compassion vis-à-vis de ses inévitables douleurs lombaires, je lui souhaite de trouver promptement un jeune homme qualifié pour une aide à domicile et je lui conseille de se couvrir parce que le rhume menace.

Kimberley, vingt-six ans, qui réside à quatre cent cinquante mètres de chez moi (décidément, mon quartier est hyperconnecté), m'envoie une photo accompagnée de ces mots inquiets : « Kes t'en pense ? cé OK pour toi ? »

Je tente d'apaiser ma correspondante hypocondriaque : « Chère Kimberley, n'étant pas gynécologue, je ne peux me prononcer sur l'état de santé de l'organe exposé sur la photo. Consultez un spécialiste. Cordialement. »

Je me désinscris de ce forum, car je me souviens soudain que les réseaux sociaux sont chronophages, nous éloignent de la vraie vie et alimentent notre servitude volontaire face à la dictature insidieuse des GAFA qui nous dérobent nos données personnelles. Et puis tous ces gens dans le besoin juste à côté de chez moi, ça m'angoisse.

*

Je vais régulièrement dans les gares m'installer sur un banc pour observer l'humanité. Je choisis un escalator et je scrute les voyageurs qui l'empruntent. Une bonne soixantaine par minute, soit près de quatre mille par heure. Ils trimballent tous leurs bagages extérieurs et intérieurs. Ils sont tous porteurs d'une histoire. Ils sont tous un roman débordant de péripéties, de personnages, de drames, de joies, de secrets, de tendresse et de violence.

Dans ces moments-là, je ne peux pas m'empêcher de penser aux statistiques. Sur quatre mille personnes que je vois passer en une heure, se trouvent environ une centaine d'agresseurs sexuels, une centaine d'auteurs de violences conjugales, une quinzaine de pédophiles, une centaine de pervers narcissiques, quatre-vingts mères toxiques, douze meurtriers, trois psychopathes, deux trafiquants de drogue, un criminel de guerre, des dizaines d'escrocs, de fraudeurs, de menteurs, et au moins deux cents followers de Kim Kardashian sur Instagram.

Au bout d'une heure, je me lève de mon banc et je descends à mon tour l'escalator, histoire de reprendre ma place dans l'humanité.

Catégorie dépressif suicidaire.

*

L'heure tourne, je dois me recentrer sur Bérénice. Je cherche d'autres conseils sur Google pour garder mon amour à jamais. Les blogs viennent à mon secours. Heureusement que des millions de personnes estiment crucial pour l'avenir du genre humain de raconter leur vie sur Internet.

Christel de Mulhouse se présente comme « *green blogueuse, vegan + gluten-free food organic + cruelty-free beauty, slow fashion, healthy lifestyle* », on peut donc lui faire confiance. Elle affirme que « l'important, pour faire durer la magie du couple, c'est l'hygiène corporelle ».

Merci, Christel. Je prends une douche.

Je me rase.

Je me coupe les ongles des mains.

Je me coupe les ongles des pieds.

Je me coupe.

Je saigne. J'ai mal. Je récupère le pansement inspiré par Jim Morrison qui a bien marché sur ma main et je l'applique sur mon gros orteil.

Je me parfume le corps avec un spray d'eau de toilette.

Je n'ai pas bien lu l'étiquette. C'était un spray *pour* les toilettes.

Je reprends une douche.

Je suis au top de l'hygiène. Je commence à…

Je change de slip.

Je suis au top de l'hygiène. Je commence à me sentir lion. Prêt pour un nouveau conseil afin de garder l'être aimé à jamais, et plus si affinités.

Magali de Montluçon assure que « de petits compliments quotidiens sont indispensables pour entretenir la flamme. Valoriser l'autre, c'est essentiel ». J'appelle Bérénice. Répondeur. Je m'attelle à entretenir la flamme : « Mon amour, j'aime beaucoup le message de ton répondeur. Il est agréablement tourné et bien articulé. Je serai heureux de te valoriser de vive voix quand tu me rappelleras ultérieurement. »

Serge de Font-Romeu, retraité polydivorcé et multiveuf, affirme ne plus croire au couple. Il propose une série de formules de sagesse à se répéter comme des mantras afin d'être heureux dans la « monojugalité » :

— « Je m'enivre de la jubilation d'être célibataire, car je ne connaîtrai jamais les tracas du divorce par consentement mutuel. »

— « Je me grise de la volupté d'être sans enfant, car j'échapperai au souci de l'adolescent djihadiste. »

— « Je me réjouis du bonheur d'être solo en France plutôt qu'hydrocéphale dans une famille de chiffonniers lépreux au Bangladesh. »

— « J'accepte ma solitude avec le sourire, car j'ai deux bras alors qu'il y a des manchots, j'ai deux yeux alors qu'il y a des borgnes, j'ai deux euros pour finir le mois alors que certains n'en ont qu'un. »

— « J'apprécie ma chance de vivre seul, car je serai mieux préparé à mourir seul que les gens en couple. »

— « Je regarde la beauté du monde autour de moi, et cela suffit à me remplir de joie. » (N.B. : ce mantra fonctionne mieux dans une pâtisserie.)

— « Je savoure chaque fin de journée en me répétant : allez, courage, une de moins. »

Merci, Serge.

Martine de Gaillac soutient que pour rendre son conjoint heureux, il faut d'abord être heureux soi-même. Elle résume son raisonnement par une jolie formule : « Le bonheur est contagieux. » Être heureux rendrait les autres heureux… Bien sûr… Martine a raison… Comment n'y ai-je pas pensé plus tôt ? Bérénice revient à 19 h 47. J'ai cinq heures et une minute pour être heureux. C'est jouable.

*

Pour apaiser mes angoisses, j'ai toujours suivi scrupuleusement les directives de mes aînés. Se laisser guider par une autorité est la meilleure façon d'éviter les prises de risques, les erreurs de jugement et le stress qui s'ensuit. Je n'ai jamais parlé la bouche pleine, jamais mis mes doigts dans le nez, jamais répondu à mes parents, jamais dit de gros mots. J'ai toujours fini mon assiette, toujours goûté avant de dire que je n'aimais pas, toujours traversé quand le bonhomme était vert, toujours dit bonjour à la dame, merci au monsieur, s'il vous plaît, pardon, au revoir.

Pendant mes années d'école, j'ai toujours écouté mes professeurs, toujours appris mes leçons, toujours souligné en rouge quand il fallait souligner en rouge, toujours écrit la date en haut à droite. Je n'ai jamais bavardé, jamais chahuté, jamais rêvassé, jamais menti, jamais copié sur mes camarades.

Dans ma vie d'adulte, je continue à suivre les directives de l'autorité. Je mange cinq fruits et légumes par jour, je fais un minimum de trois fois trente minutes d'activité physique par semaine, je trie mes déchets dans les poubelles adaptées, j'éteins les lumières en sortant des pièces, j'économise l'eau quand je me lave les dents, je donne de l'argent au Téléthon, je vote à chaque élection, et je payerais mes impôts dans les temps si je payais des impôts.

Ma mère m'a toujours répété que respecter les règles était le meilleur moyen d'être heureux. Je peux l'affirmer sans fausse modestie : personne n'a jamais suivi les règles avec autant d'application que moi. En toute logique, je devrais être l'homme le plus heureux du monde.

Question : qu'est-ce qui a merdé dans le processus ?

Quand mon amour rentrera, ce soir, elle devra s'apercevoir au premier coup d'œil que je suis devenu heureux et que, par voie de conséquence, je la rendrai heureuse d'après le théorème de Martine de Gaillac. Détail à régler : comment être heureux ?

Je me replonge dans les livres que Bérénice m'a laissés. Au-delà du thème de la mycose, il me semble que certains d'entre eux abordaient discrètement la question du bonheur. Je suis assez dubitatif quant à l'usage que je peux faire d'ouvrages qui ont poussé ma femme à me quitter, mais comme je suis de nature dubitative, j'ai tendance à ne pas m'écouter. Donc, je me lance.

*

J'ai bien conscience que certains individus pourraient trouver puérile, ridicule, voire symptomatique d'un dérèglement psychologique avancé, la confiance que je mets dans les mains du Grand Maître Maladoudouséké pour faire revenir Bérénice. Certains individus, qui assisteraient par on ne sait quel miracle à mes efforts pour retrouver ma bien-aimée, penseraient à coup sûr : comment peut-on être aussi crédule ? Comment peut-on se laisser berner par une escroquerie aussi manifeste ? Comment un être normalement constitué peut-il croire dans les pouvoirs d'un internaute marabout burkinabé ?

À cela, je ne peux répondre qu'une chose : il ne faut pas écouter les individus.

*

Quelle lecture ! Grandiose découverte ! On dira ce qu'on voudra, mais la littérature, c'est quelque chose. Surtout *Le Bonheur à monter soi-même*, par un philosophe suédois vendu chez Ikea. Le départ de Bérénice n'est que temporaire, c'est écrit à la page 111. Elle fait simplement une pause le temps que je trouve « une véritable plénitude intérieure, dans une résonance harmonieuse avec le monde et mes semblables ». Quel livre épastrouillant ! Je vais sur Amazon lui mettre cinq étoiles.

Je bois une bière pour fêter ça.

Je me sens coupable d'aller sur Amazon, car je cautionne un champion de l'optimisation fiscale qui décime les libraires et se moque du bien-être de ses salariés comme du respect de l'environnement.

Je bois une deuxième bière pour surmonter ma honte. Puis une troisième.

Je vais sur Amazon retirer toutes mes étoiles. Le ciel s'obscurcit pour Jeff Bezos. Début du boycott.

À la quatrième bière, je sens ma résonance avec le monde et mes semblables qui devient de plus en plus harmonieuse. C'est bon signe.

Le premier point sur lequel insistent les auteurs de la bibliothèque de Bérénice, c'est l'alimentation. Bien manger serait la clé du bonheur, car « nous sommes ce que nous mangeons » (dixit *Le Bonheur par le régime tout artichaut*, d'un certain A. B. Saint-Freu). L'heure est à l'Opération Frigo. Changement de régime pour atteindre l'équilibre intérieur. Prépare-toi, Bonheur, j'arrive.

C'est le choc. J'apprends grâce aux livres de Bérénice que je cohabite depuis toujours avec deux terribles ennemis : le gluten et le lactose. Ils sont responsables de mes maux de ventre, de ma fatigue, de ma déprime. Ils sont partout dans ma cuisine, ils m'empoisonnent à petit feu, et personne ne m'avait averti. Pourquoi ?

Je cherche des explications sur Google. Un blog très sérieux (son auteur a un Deug d'histoire-géo) révèle la terrible vérité. Selon lui, notre gouvernement nous gaverait volontairement de gluten et de lactose pour affaiblir notre corps et ramollir notre esprit afin de nous maintenir dans un état de soumission. Cela pourrait même être un complot international lié aux Illuminati (à vérifier).

Impossible que notre président aux dents du bonheur soit complice d'un tel crime. Je cherche une autre explication.

Nouvel éclairage sur un forum digne de confiance (l'administrateur a eu le bac S avec mention assez bien) : les lobbies de l'industrie agroalimentaire travaillent main dans la main avec ceux de l'industrie pharmaceutique pour engraisser leurs actionnaires. En résumé : les uns créent les maladies et les autres vendent les remèdes. Dès que j'ai récupéré Bérénice, j'avertis Emmanuel qui punira ces suppôts du capitalisme sauvage.

J'appelle Bérénice. Répondeur. Je laisse un message. « Mon amour, ton départ soudain me laisse dans un désarroi profond : j'arrête le gluten et le lactose. »

J'agis. Tous ces poisons emballés sous des couleurs chatoyantes doivent disparaître. Je vire le lait, les yaourts et les fromages de vache. Je jette le beurre, les crèmes et les glaces. Je bannis le pain et les pâtes, les brioches et les pizzas, les gâteaux et les biscuits, le muesli et les corn-flakes, le boulgour, le couscous, la semoule, les blinis, les chips, les crackers et tous les biscuits apéritifs. Les placards se vident, la poubelle se remplit de molécules mortifères qui n'intoxiqueront plus mes cellules.

Je sens que je vais déjà mieux.

*

Et si le bonheur n'était qu'une question de chimie ? Depuis toujours, les êtres humains absorbent des substances qui les plongent dans des états de béatitude (ou d'hébétude, ce qui revient au même). Dans le plus ancien langage écrit, le sumérien, il existe un idéogramme présentant une fleur d'opium comme « la plante de la joie ». Trois mille ans avant notre ère.

Toutes les civilisations ont utilisé des produits permettant d'échapper à la noirceur du monde : la coca des civilisations précolombiennes, les plantes psychotropes des tribus amazoniennes, le pavot des peuples asiatiques, ou encore les paradis artificiels des poètes maudits du XIXe siècle, l'alcool et le haschisch.

Au XXe siècle, on découvre les premières molécules de la gamme des inhibiteurs sélectifs de la recapture de sérotonine, dite « l'hormone du bonheur ». C'est dans les laboratoires pharmaceutiques qu'on fabrique aujourd'hui les milliards de pilules qui nous aident à supporter la vie. Nos malheurs psychiques proviendraient simplement du déséquilibre de trois neuromédiateurs principaux : dopamine, sérotonine, noradrénaline.

Peut-être un jour un chimiste génial mettra-t-il au point la pilule du bonheur ultime, qui procurera une plénitude parfaite, sans aucun effet secondaire ? Comme dans *Le Meilleur des mondes*, d'Aldous Huxley, où l'on distribue tous les soirs aux ouvriers une molécule magique, le Soma, pour les plonger dans la béatitude ?

Attendre la déchéance physique, la décrépitude intellectuelle et les soins palliatifs en gardant le sourire aux lèvres, et si c'était ça la définition du bonheur ?

*

Je poursuis mes passionnantes lectures et je tombe sur le régime hypotoxique qui assure que bannir gluten et lactose ne suffit pas à apporter le bonheur. Il ne faut pas se contenter d'éviter le lait de vache, mais *tous* les produits laitiers. De même, écarter le gluten est insuffisant. Ce sont *toutes* les céréales qu'il faut éviter, à l'exception du riz et du sarrasin.

Je jette tous mes produits laitiers et toutes mes céréales. Je ne garde que le riz. Je ne sais pas ce qu'est le sarrasin. Dans le doute, je jette aussi le riz.

Le Bonheur Sugar Free est une œuvre passionnante. Elle cible un ennemi encore plus pernicieux : le sucre, responsable sournois de nombreux dysfonctionnements. Selon une étude publiée par la revue *Scientific Reports*, la consommation de sucre raffiné aggrave fortement les risques de développer des crises d'angoisse ou des troubles mentaux comme la dépression.

Je fais une crise d'angoisse rien qu'en lisant un article sur le sucre. La preuve est faite. Je jette le sucre en poudre, les confitures, les tablettes de chocolat, la crème de marrons, les pâtes de fruits, les jus de fruits et le Nutella.

Je récupère le Nutella dans la poubelle et j'en mange une grosse cuillère.

Je jette le Nutella. Mon esprit est sous l'emprise du lobby pharmaceutico-industriel. Je suis intoxiqué à l'huile de palme. Je suis responsable de la déforestation de l'Indonésie et de la disparition des orangs-outans. J'ai honte.

Je feuillette un ouvrage signé par un moine bouddhiste qui semble radieux malgré sa calvitie. Il éclaire mon assiette d'un jour nouveau. Si je me sens mal, c'est à cause de ma culpabilité inconsciente chaque fois que je plante ma fourchette dans un… cadavre. « Le vrai bonheur ne peut être construit qu'en évitant de causer la souffrance à autrui », explique le sage. Je suis un carniste, un spéciste, un nécrophage. Trente millions d'amis posent sur moi leurs grands yeux humides de chagrin. Pardon.

Je jette les steaks hachés, le saucisson, le pot de rillettes, les lardons fumés, les boîtes de thon, le tarama, le surimi, le saumon fumé, les œufs, le miel. Je sens le végan qui pousse en moi.

Je récupère le Nutella dans la poubelle et j'en mange une cuillère. J'ai honte. Je vois passer devant mes yeux un cadavre d'orang-outan dans une forêt ravagée. Je bois une bière. Je suis pris d'une angoisse : la bière fait-elle partie du régime bonheur ?

Je trouve la réponse dans un ouvrage bouleversant sur le régime macrobiotique. Il s'agit de classer les aliments selon le principe ancestral du Tao : le yin et le yang. « *Une carotte est considérée plus yin que la viande, puisqu'elle est sucrée, gorgée d'eau et de source végétale.* » OK. « *Toutefois, comparée à un céleri qui pousse à la verticale vers le haut, la carotte est davantage yang puisqu'elle pousse vers le bas.* » D'accord…

Je parcours avec effroi la liste des aliments à éviter. En plus de ce que j'ai déjà jeté, je dois supprimer les fruits d'origine tropicale, les tomates, les aubergines, les pommes de terre, les salades, les asperges, la margarine, la moutarde, les huiles, les vinaigres, les sauces industrielles, le café, le thé, les sodas, l'eau gazeuse, les alcools. Beaucoup trop yang tout ça. Donc, fini la bière.

Je vais à l'épicerie chercher des sacs-poubelle. J'achète un pot de Nutella sans faire attention, car mon esprit a été formaté par des années d'intoxication à la molécule de pâte à tartiner. Je culpabilise. Je jette le pot de Nutella dans une poubelle de la rue. Je culpabilise. J'aurais dû le jeter dans une borne de recyclage. Je suis un agent actif du réchauffement climatique. Je vois passer devant mes yeux un cadavre d'ours polaire sur un glaçon fondu. Je rentre chez moi couvert de honte. Je bois une bière.

Je ne dois plus boire de bière, c'est yang.

Je bois une dernière gorgée de bière pour dire adieu à la bière. Je pleure.

Je me replonge dans ma lecture et je découvre l'extraordinaire régime des groupes sanguins d'un naturopathe américain. Comment de tels génies peuvent-ils rester méconnus ? L'idée du complot prend de plus en plus de consistance, j'irai m'informer sur YouTube dès que j'aurai récupéré Bérénice.

Donc, le régime des groupes sanguins. Comme je suis de groupe A, je dois éviter une série de produits toxiques. Je supprime les champignons, le chou blanc, le chou rouge, les olives, les patates douces, les piments, les poivrons, les oranges, les clémentines, les melons, la rhubarbe, les pistaches, les noix de cajou, les haricots blancs, les haricots rouges, les pois chiches.

Mes placards sont presque vides. Il me reste des lentilles.

Attention. Le régime paléolithique du docteur Eaton explique que nos gènes ne sont pas adaptés au mode alimentaire actuel, mais plutôt à l'alimentation de nos ancêtres Cro-Magnon. C'est pour ça que l'homme moderne a du mal à excréter dans la béatitude. Heureux ancêtres qui ignoraient la constipation et mouraient à trente ans avec un transit impeccable. En conséquence, parmi d'autres produits que j'ai déjà éradiqués, il me faut éliminer les légumineuses. Je jette mes lentilles.

Mon frigo est vide. Mes placards sont vides. Mon estomac est vide…

Je sens une angoisse qui monte.

Je récupère le Nutella dans la poubelle et je finis le pot.

J'ai honte.

Je jette le verre du Nutella dans la poubelle adéquate. Je me sens un peu mieux.

Je descends toutes mes poubelles dans la rue pour éviter les tentations qui me replongeraient dans l'abîme du malheur.

Question : le Prozac, yin ou yang ?

*

Quand on sait qu'un quart des Français consomme des psychotropes, qu'un tiers a déjà consulté un psy, et qu'on prescrit chaque année dans l'Hexagone cent cinquante millions de boîtes d'anxiolytiques, antidépresseurs et somnifères, on se dit que ces chiffres sont réconfortants. Grâce à eux, je me sens moins seul.

Plutôt que de chercher, depuis des années, à quitter mon état dépressif, ne serait-il pas plus raisonnable d'attendre que mes concitoyens me rejoignent ? Quand la dépression sera la norme sociale, je me sentirai enfin intégré, enfin normal, enfin comme tout le monde. Ce qui me rendra enfin heureux.

Et donc pas intégré, pas normal, pas comme tout le monde…

Ma vie est compliquée.

Petit coup de stress. Bérénice revient dans trois heures et dix-huit minutes et je ne suis toujours pas heureux. Changer d'alimentation n'a pas suffi, c'est très décevant. Dès que j'ai retrouvé la plénitude avec mon amour, tous ces auteurs de manuels de diététique vont connaître la morsure du commentaire assassin sur Amazon. Mais, pour l'heure, je dois trouver une solution en urgence (et aussi faire des courses, car je n'ai plus rien à offrir à manger à Bérénice pour notre repas de retrouvailles (et aussi arrêter d'aller sur Amazon, on avait dit boycott)).

Retour à la pile de livres. Plusieurs d'entre eux soulignent avec insistance l'influence du corps sur l'esprit. Le sport serait la solution pour trouver le bonheur selon *Les baskets sont le reflet de l'âme*, écrit par un célèbre footballeur cocaïnomane. Problème : je refuse par principe toute pratique sportive parce que les baskets des grandes marques sont fabriquées par des enfants esclaves au Pakistan (et aussi parce que c'est fatigant).

J'apprends page 111 que faire du sport libère des endorphines dans l'organisme. Les endorphines sont des hormones sécrétées par des glandes cérébrales, l'hypophyse et l'hypothalamus, dont la fonction est de soulager le stress et d'accroître le plaisir. Je n'ai pas tout compris, mais ça a l'air bien adapté pour être heureux.

Problème n° 1 : quel sport choisir ?

Problème n° 2 : pourquoi y a-t-il toujours un problème ?

Je consulte Wikipédia. L'article « sport » répertorie deux cent soixante-treize disciplines sportives. Laquelle libère le plus d'endorphines ? Mon assistant personnel Chierie ne comprend pas ma question. Je prévois un effondrement de l'action Apple à court terme.

J'élimine la natation, car je ne veux pas recroiser Thomas Grimal à la piscine. Plus que deux cent soixante-douze sports.

J'élimine les vingt et un sports équestres, car je suis allergique aux chevaux depuis mon traumatisme d'enfance sur le manège où je n'attrapais jamais le pompon. Plus que deux cent cinquante et un, mon projet progresse vite, c'est enthousiasmant.

Parmi mes préférés dans la liste, je sélectionne la course de chars, l'escalade glaciaire, le rodéo chilien, le rugby subaquatique et le combiné nordique.

Déception. Aucun de ces sports n'est proposé par les associations parisiennes. C'est bien la peine de vivre dans la capitale. La France n'est plus dans la course, c'est confirmé. Reviens, Coubertin, ils sont devenus mous.

Il me faut mes endorphines au plus vite si je veux récupérer Bérénice avant la nuit. Pas de temps à perdre, je me rabats sur le plus simple : la course à pied.

Oui, mais je déteste la course à pied.

Oui, mais je n'ai pas d'autre choix.

Oui, mais je déteste la course à pied.

Oui, mais je n'ai pas d'autre choix.

Oui, mais… Je me passe la tête sous l'eau froide, car je sens venir l'erreur fatale dans mon système neurologique. Puis je me munis du nécessaire : short, baskets et comprimés de Guronsan pour le tonus.

On sonne à la porte. Béré ? Déjà ? C'est Mme Patusse, ma voisine. Elle s'excuse de me déranger, je la remercie pour sa visite qui contribue à une meilleure convivialité dans l'immeuble. Le thé s'avérant malheureusement yang, souhaite-t-elle un verre d'eau ? Mme Patusse décline mon invitation. Elle a l'air troublée. Serait-ce l'effet de mon short qui dévoile mes mollets sculptés et l'esquisse de mes cuisses fuselées ? Ma voisine se reprend et me demande si c'est moi qui ai déposé de gros sacs-poubelle sur le trottoir devant la porte de l'immeuble, sachant que nous sommes dimanche et que les poubelles passent mardi.

Je réfléchis un instant afin d'apporter la réponse la plus adéquate à cette excellente question que je remercie Mme Patusse d'avoir posée.

Elle ajoute qu'en tant que propriétaire dans l'immeuble, elle se doit de veiller à sa propreté. Je confirme l'importance de sa mission hygiénique et je la félicite : si notre immeuble était sur TripAdvisor, je lui mettrais cinq étoiles. Mme Patusse me remercie et me rappelle que tous les locataires doivent respecter les règles communes. J'acquiesce. J'ai bien conscience que la position du propriétaire entraîne une charge mentale nécessitant une résistance psychologique d'exception. C'est d'ailleurs une des raisons qui me font rechigner à intégrer cette catégorie sociale fort prisée. L'autre raison est liée à de futiles questions économiques avec lesquelles je ne vais pas embêter ma voisine.

M. Patusse apparaît derrière son épouse et lui propose de « s'occuper du problème » sur un ton qui semble insinuer que sa condition de femme a été un obstacle à une résolution positive. En tant que citoyen progressiste, je décide d'intervenir, car on ne doit pas banaliser le sexisme quotidien. Je n'y vais pas par quatre chemins et je demande à M. Patusse s'il a déjà entendu parler du concept de *mansplaining*. Mon voisin me demande en retour si j'ai déjà entendu parler du concept de poubelles le mardi. Le duel oratoire s'annonce de haute volée. J'affûte mes arguments. Le suspense est à son comble. Je descends récupérer mes poubelles.

Je rentre dans l'immeuble avec trois sacs. M. Patusse décide de m'aider en me refusant l'accès à l'ascenseur en citant un article du règlement de copropriété relatif à l'incompatibilité ontologique ascenseur/poubelles. Il souhaite ainsi faciliter mon accession au bonheur par le biais de la pratique sportive. Quatre étages avec sacs-poubelle devraient me permettre de libérer un maximum d'endorphines. Mes glandes cérébrales frétillent. Je m'attends à une sécrétion hypophysaire d'envergure. Je remercie mon voisin pour son soutien, je lui fais un signe de fraternité (car les sportifs forment une grande famille) et je m'élance en petite foulée pour travailler le cardio et les ischios. Une, deux, une, deux.

J'ai un point de côté.

Je ressens une douleur à ma cuisse fuselée droite.

J'émets de drôles de bruits avec ma bouche.

Je soupçonne une lésion intramusculaire de mon mollet sculpté gauche.

Je subodore un péril ligamentaire d'envergure aux deux chevilles.

Je diagnostique la perte d'un poumon à court terme.

Je loupe une marche à l'approche du troisième palier, je lâche mes sacs-poubelle (j'ai mal), du gluten empoisonné est projeté sur les murs, j'entame une redescente sur les lombaires, la moquette s'infecte de lactose pur (j'ai mal), du tarama terriblement yang dégouline le long de la rampe, mon short s'accroche à une résurgence métallique et se déchire sur dix centimètres pour dévoiler mon sillon interfessier, je suis stoppé dans mon élan par un mur couvert de Nutella (j'ai très mal).

M. Patusse appelle un service de nettoyage d'urgence, puis le Samu.

*

Le malheur des uns fait le bonheur des autres. Longtemps, j'ai voulu croire à l'adage populaire. J'y voyais un moyen, une méthode, un espoir : atteindrais-je enfin le bonheur en m'abreuvant du malheur d'autrui ? Ça ne coûtait rien d'essayer, c'est ainsi que je suis devenu accro à l'actualité. Officiellement, je consulte les médias parce que je considère qu'être informé est un devoir de citoyen. En réalité, je veux juste me rassurer sur ma situation en trouvant pire que moi.

Je passe des heures devant les chaînes d'information en continu. Pour devenir incollable sur le malheur, c'est impeccable. Une litanie d'horreurs déroulée jour et nuit avec les détails les plus sordides. Les gazages d'enfants en Syrie et les actes pédophiles succèdent aux attentats à la voiture piégée et aux noyades de migrants que suivent les meurtres conjugaux et les crimes de guerre, le tout entrelardé d'assassinats, viols, épidémies, famines, et autres réjouissances à fort taux d'hémoglobine. Heureusement qu'il y a de la pub tous les quarts d'heure pour respirer un peu.

C'est horrible, on est d'accord. Mais le plus affreux, c'est que ça ne marche pas. Le malheur des autres ne procure pas le bonheur. C'est même l'effet inverse qui se produit. Plus je vois combien les gens subissent des atrocités, plus je culpabilise d'être malheureux, moi à qui il n'est jamais rien arrivé de grave.

Je suis nourri, logé, chauffé, en bonne santé et en sécurité dans un pays libre et riche au climat tempéré. Je possède tout ce que les malheureux que je vois sur mon écran souhaitent avoir. Ma vie quotidienne est le rêve de dizaines de milliers de jeunes gens qui prennent chaque année le risque de mourir en Méditerranée dans l'espoir de la vivre. Pour une grande partie de l'humanité, je suis un idéal à atteindre.

Je vous dis pas la tête de l'idéal.

Le verdict du Samu a été sans appel : plus de peur que de mal. Un bon résumé de ma vie de musaraigne pygmée. Mes contusions sont sans gravité, seule ma dignité est bien amochée, mais elle en a vu d'autres. En revanche, le service de nettoyage a pris des pincettes pour annoncer la terrible vérité à M. Patusse : ils ne sont pas sûrs de sauver la moquette. Réaction violente au lactose yang, œdème de Quincke à la bouloche, pronostic vital réservé. Mes voisins sont sous le choc.

Les sympathiques secouristes qui se sont occupés de moi avaient l'air heureux. Des voix rassurantes, des gestes apaisants, des sourires inaltérables, je leur ai proposé qu'on se fasse un ciné un de ces jours, car ce sont des amis comme eux qu'il me faudrait. Ils ont pris mon 06 avant de faire hurler leur sirène. La prochaine fois, je leur fais des crêpes. (Penser à acheter des œufs.)

Cette rencontre me fait comprendre que la clé du bonheur réside dans une activité professionnelle épanouissante. Ces gens sauvent des vies, ils sont utiles, ils sont valorisés. Voilà comment on atteint la béatitude.

C'est décidé, je vais devenir secouriste. (Penser à acheter du lait.)

Je cherche sur Google la formation à suivre afin d'annoncer à Bérénice que je suis sur la voie de l'épanouissement professionnel préalable à l'état de félicité. Je trouve un test psychologique validé par le ministère de la Santé sur les qualités requises pour devenir secouriste. Rubriques : « la confiance en soi » (oui...), « le sens des responsabilités » (d'accord...), « la faculté d'empathie » (hum... hum...), « la force de caractère » (...).

Je me souviens tout à coup que les tests sur Internet, c'est n'importe quoi. De surcroît, je prends conscience que secouriste est un métier aux horaires contraignants, incompatible avec une vie conjugale satisfaisante. Bérénice rentre ce soir, je ne vais pas lui annoncer que je l'abandonne pour aller sauver des gens toute la nuit alors que son souhait le plus cher sera de partager un de nos fameux plateaux-repas devant Netflix. Devenir altruiste serait égoïste de ma part, tant pis pour le secourisme. (Penser à acheter de la farine pour les crêpes.)

Comme je garde en tête l'idée du bien-être par la réalisation professionnelle, je me plonge dans un article du figaro.fr qui répertorie les métiers rémunérateurs qui embauchent aujourd'hui dans la joie du k€ : « directeur data *management* », « directeur production *cloud* », « directeur du digital », « *bid manager* », « *risk manager* », « *account manager* », « *lead account executive* », « *directeur of project management office* ». Je vérifie qu'il s'agit bien de la version francophone du *Figaro*. Peut-être un bug Internet ?

*

Mes parents se montraient très libéraux au sujet de mon avenir. Ils ne voulaient pas m'imposer leurs vues à propos de mes études supérieures. « Fais ce que tu as envie de faire » était leur leitmotiv. C'était aimable de leur part, mais ça me plongeait dans des angoisses terribles.

Dans l'ancien temps, les enfants reprenaient l'activité parentale. Il y avait des lignées de paysans et d'ouvriers, de médecins et de notaires, de commerçants et de voleurs. On ne se posait pas de questions, on faisait comme papa. Ne pas avoir à réfléchir, c'est le secret de la paix intérieure. L'avantage était double : on n'avait pas à se casser la tête avec Parcoursup et, si on était malheureux dans sa carrière, on pouvait rejeter la faute sur le déterminisme social qui nous avait obligés à étouffer dans l'œuf nos aspirations.

Ma génération n'a pas cette chance. Depuis l'enfance, on nous répète que nous sommes libres de réaliser nos rêves. On nous oblige à faire nos propres choix, à suivre la filière correspondant à nos vœux, et donc à assumer tout seuls nos erreurs et nos échecs. On nous a retiré la bouée de sauvetage de la faute à autrui. Merci du cadeau.

Après le bac, j'ai commencé par rater une licence de lettres modernes, j'ai enchaîné sur un fiasco en DUT Métiers du livre avant de vivre une véritable déconfiture dans une école de traduction-interprétation. Puis j'ai pris une année sabbatique histoire de faire le point. Requinqué par un petit stage dans une maison de repos où l'on a su réveiller en moi l'ambition de réaliser mes rêves grâce à des pilules bleues, j'ai poursuivi en échouant à un BTS audiovisuel, à une première année de fac de droit et au concours d'entrée des Beaux-Arts. Donc, nouvelle année sabbatique et pilules vertes.

Par la suite, j'ai multiplié les petits boulots. Caissier dans un supermarché, avant d'être remplacé par une machine ; manutentionnaire dans une usine, remplacé par une machine ; livreur de machines, remplacé par une machine. Aujourd'hui, je suis inscrit dans une agence d'intérim spécialisée : on m'appelle pour remplacer les machines qui tombent en panne.

*

Soyons lucide : ça risque d'être un peu juste de s'accomplir professionnellement avant le retour de mon amour ce soir. Je dois m'orienter vers une solution plus rapide et me dépêcher d'être radieux (et aussi acheter un peu de sucre pour les crêpes). Je me replonge dans la bibliothèque de Bérénice. La littérature, y a que ça de vrai.

J'ai une piste sérieuse. Selon le manuel *Vivre une dépression heureuse*, il me faut m'investir dans une cause. L'auteur est formel : les personnes qui luttent pour le Bien voient leur existence prendre du sens. L'idéal, c'est de trouver un cheval de bataille pour lequel on est prêt à sacrifier son temps, son travail, voire sa famille (très astucieux, car cet engagement valorisant et chronophage permet de fuir les responsabilités familiales peu gratifiantes et anxiogènes). Mais le top du top, c'est de dénicher un combat pour lequel on risque sa peau (ou en tout cas pour lequel *on arrive à se persuader qu'on risque sa peau*, on vit quand même en France).

C'est parti. Je fais une liste des causes qui me tiennent à cœur. Question : peut-on être soi-même une cause à défendre ?

Pour m'aider, j'ouvre *L'Obs*, car la presse de gauche sait ce que s'engager pour une juste cause veut dire. Je fais une liste :

— P. 18 : combattre la montée des populismes en Europe.

— P. 34 : répondre à l'urgence climatique.

— P. 72 : s'investir auprès des migrants.

— P. 111 : devenir propriétaire d'un duplex place Saint-Sulpice. Prix : nous consulter.

Question : aider Michel H. à reconquérir l'amour n'est-il vraiment pas une cause ?

J'ouvre *Le Figaro Magazine*, car la presse de droite sait ce que défendre une juste cause veut dire. J'élargis le champ des possibles :

— P. 15 : réduire les dépenses publiques.

— P. 26 : lutter contre la menace islamiste.

— P. 57 : réformer le modèle social.

— P. 111 : devenir propriétaire d'un triplex avenue de Breteuil. Prix : nous consulter.

Bien. Il est temps pour moi de donner du sens à mon existence en faisant un choix adulte et constructif parmi toutes ces propositions. Je me lance : am, stram, gram, pic et pic et colégram… On frappe à la porte. Bérénice ?

C'est Piotr, mon voisin du dessus, comédien enfumé spécialiste des fines herbes. Il me demande du sucre pour faire des crêpes. Je le mets en garde contre la toxicité de cet ingrédient sournois et l'oriente plutôt vers une réflexion sur la précarité de son statut. Compte-t-il s'investir pour la défense de ses droits ou cultive-t-il l'espoir d'une autre mondialisation fondée sur la solidarité et l'entraide face à un capitalisme prédateur ? Il réfléchit, puis il me demande des œufs pour faire des crêpes. J'évoque les conditions de vie effroyables des poules en batterie, puis j'établis un parallèle avec les intermittents du spectacle. Piotr a-t-il conscience qu'en se limitant à des revendications sectorielles, les grands perdants de la mondialisation participent à leur propre asservissement ? Son regard s'éclaire soudain, mes propos ont franchi la barrière toxicologique pour atteindre une des dernières zones actives de son cerveau. Il vient de comprendre que le bonheur est dans la lutte pour une juste cause. Il ouvre la bouche et énonce son manifeste : « Ou sinon, t'aurais pas des biscuits ? »

*

« Il faut penser par soi-même au lieu de se référer à des maîtres à penser », disait un maître à penser auquel je me réfère souvent. Afin de me construire un esprit critique et autonome à l'abri de toute propagande idéologique, je lis chaque jour la presse selon une stricte alternance gauche/droite : un article de *L'Obs* suivi d'un article du *Figaro*, suivi d'un article de *Libération*, suivi d'un article des *Échos*, suivi d'un article de *L'Humanité*, suivi d'un article de *L'Équipe* (car le sport est compétition, donc de droite. Mais le sport est aussi transpiration, donc de gauche… Pas facile, *L'Équipe*).

Mon problème, c'est que je change facilement d'opinion. Quand une personne est éloquente, je suis convaincu de la valeur de ses affirmations, avant que son contradicteur ne vienne prétendre l'inverse et me persuade qu'il dit vrai. Ainsi, lorsque je referme *L'Obs*, je suis vent debout contre les verrous de la société traditionnelle, prêt à lutter contre la sclérose du conservatisme, farouche adepte d'un progressisme à visage humain ouvert sur le monde et empreint de tolérance. Mais au bout de quelques pages du *Figaro*, je prends conscience que j'ai un peu vite cédé à l'illusoire injonction des bien-pensants droits-de-l'hommistes dont l'angélisme bobo sape un à un les repères fondamentaux hérités du passé, seuls capables de garantir identité et force à une société confrontée aux assauts de la mondialisation. (Oui, j'ai souvent mal à la tête.)

J'envie les gens qui ont des opinions claires et définitives sur tous les sujets. Ceux pour qui le réel est simple, divisé entre le bien et le mal. Ceux qui sont assurés de détenir la vérité. Ceux qui vous regardent de haut et qui vous rient au nez quand vous ne partagez pas leurs vues.

Ça doit être tellement reposant d'être prétentieux, arrogant et obtus.

*

Un intellectuel du *Figaro* m'oriente vers une solution en stigmatisant la « dictature des minorités », concept repris par un éditorialiste de *Libération* sous l'appellation « justes revendications des opprimé-e-s ». Des groupes s'organisent pour dénoncer les discriminations qu'ils subissent. Ces personnes victimes sont réunies par un légitime combat. Elles trouvent dans la lutte contre leurs oppresseurs une identité et une fraternité. Être une victime offre une cause à défendre. Être une victime donne du sens à une vie. Conclusion : être une victime rend heureux.

De quoi suis-je victime ? Je ne suis pas noir, je ne suis pas asiatique, je ne suis pas arabe, je ne suis pas rom, pas migrant, pas femme, pas homosexuel, ni bi, ni trans, ni queer, ni intersexe, ni non-binaire. Je ne suis pas victime de racisme, ni d'antisémitisme, ni d'islamophobie, ni de sexisme, ni d'homophobie, ni de transphobie, ni de grossophobie, ni d'intolérance ethnocentrique, ni de l'institutionnalisation patriarcale.

Je suis un mâle blanc occidental hétérosexuel et cisgenre. Je suis un dominant.

C'est la *lose*.

Selon l'autrice de *Laisse-toi pénétrer par la joie de l'Éternel*, une ancienne star du X entrée dans les ordres, aucune extase n'est comparable à celle procurée par une foi sincère qui agit « tel un orgasmique gang bang spirituel, sans risque de muqueuses endolories » (p. 111). Les gens qui croient en une entité qui les dépasse connaissent une félicité parfaite. Rien ne les atteint. Les Pentecôtistes qui chantent dans la rue avec des mines d'illuminés sans ressentir la moindre honte ? Heureux. Le Dalaï-Lama qui sourit tout le temps alors qu'il ne remettra jamais une tong au Tibet ? Radieux. Les scientologues et autres raëliens qui se ruinent pour financer le train de vie de leurs gourous ? Ravis. À mon tour de connaître l'ivresse de la spiritualité.

Ai-je foi en quelque chose ? Je ne suis ni bouddhiste, ni musulman, ni juif, ni chrétien, ni taoïste, ni animiste, ni adepte du Monstre en spaghetti volant. Je ne suis rien. Je suis le néant. Je prends un diazépam Teva 5 mg.

Je tape sur Google : « Comment trouver la foi en moins d'une heure trente ? » Aucun résultat. Grande déception. Je prends soudain conscience que j'avais la foi. La foi en Google… Et voilà que l'infaillibilité googlelienne est remise en cause ! Désarroi.

En quoi ai-je foi ? Les gens qui ont la foi ne se posent pas ce genre de questions. Les gens qui se posent des questions sont des gens qui doutent. Donc, j'ai foi dans le doute. On avance. Le doute est-il une cause qui remplit la vie ? Peut-on lutter pour le doute ? Défendre le doute ? Mourir pour le doute ? J'ai des doutes…

Je n'ai pas la foi. Pourquoi personne ne m'a donné la foi ? Pourquoi les Témoins de Jéhovah ne viennent-ils jamais frapper chez moi ? Est-ce que je ne mérite pas d'être évangélisé ? Idée : je vais aller frapper à la porte d'un Témoin de Jéhovah. Inquiétude : quelqu'un a-t-il déjà fait une chose pareille ? Que se passe-t-il quand on frappe à la porte d'un Témoin de Jéhovah ? C'est un coup à déclencher l'Apocalypse, ça…

L'heure tourne. Au fond du carton de livres que m'a laissé Bérénice, je déniche une pépite. L'attrayante couverture, dessinée avec la grâce innocente d'un élève de moyenne section de maternelle, déploie un arc-en-ciel au-dessus d'une riante prairie dans laquelle s'égayent un bébé, un chiot et un condylure étoilé.

L'espoir renaît. L'auteur s'appelle Sri Dhyanapatam Premananda Tharâtâta, un maître spirituel hindou né à Béziers. Le titre met tout de suite en confiance : *Le Développement personnel éco-malin – S'ouvrir à la joie d'être au monde pour pas cher*. La maxime en quatrième de couverture achève de me convaincre : « Fais comme l'arbre : change tes feuilles et garde tes racines. Mais si quelqu'un veut te scier en deux, ne fais pas toujours comme l'arbre non plus. »

Affriandant. Je me lance.

Le sommaire est d'une grande richesse. L'ensemble des méthodes disponibles pour trouver le bonheur sont répertoriées. Je n'ai plus qu'à piocher.

« Chapitre 1 : Se nourrir du *prana* pour une reconnexion en conscience de tous les niveaux physiques et cognitifs de notre être. » Pourquoi pas ?

« Chapitre 2 : Guérir la dépression par l'action sur l'onde cérébrale thêta (remplacement d'aura en option). » Intéressant.

« Chapitre 3 : La réconciliation thérapeutique au sacré par le mystère du tantra : lutter contre la mal-à-dit pour gai-rire. » Oui…

« Chapitre 4 : Libérer nos mémoires cellulaires par le système quantique et la polarisation positive des ondes électromagnétiques. » OK…

« Chapitre 5 : Déployer son plein potentiel en alignant ses chakras grâce au chamanisme péruvien et aux massages ayurvédiques au quinoa bio. »

« Chapitre 6 : Soigner son âme par la thérapie holistique, l'ancrage karmique, la baguette énergétique, la vibration des orgonites, le médaillon d'intuition, le diapason thérapeutique, la marche méditative de pleine conscience, le jeûne transpersonnel, le chi gong, l'autohypnose, l'école du rire (par un rigologue certifié), la sonothérapie, la chromothérapie, la somatothérapie, la facianérothérapie, l'arnacothérapie. »

« Bons de commande en page 111. 5 % de réduction pour les Êtres de Lumière. Chèques à l'ordre de M. Rodriguez, BP 53, 34500 Béziers. »

*

Les gens qui vivent dans les situations épouvantables que l'on voit aux infos subissent leur quotidien. Ils sont soumis à la fatalité d'un dictateur, d'un chef religieux, d'une guerre, d'une maladie : ils ne sont pas maîtres de leur existence. Si leur vie est ratée, ce n'est pas leur faute. Ils ont des coupables faciles à identifier, ils n'ont pas à se remettre en cause, leur valeur propre n'est pas questionnée.

Moi, je ne suis soumis à aucune fatalité. Je me dois de réussir ma vie, c'est l'injonction contemporaine. Réussir ses études, sa carrière, son couple, sa sexualité, ses enfants. Réussir sa réussite programmée. En nous ouvrant le champ des possibles comme jamais dans l'histoire de l'humanité, la liberté que procurent la démocratie et le confort matériel nous met face à nous-mêmes. Seuls maîtres de notre destin, seuls responsables de notre malheur. Est-ce pour cette raison que certains préfèrent prétendre qu'aujourd'hui en France nous vivons en dictature ?

Moi, j'étais fait pour naître enfant esclave tuberculeux et transgenre dans un pays en guerre où il fait 40 °C à l'ombre en hiver.

Voilà bien une phrase de raté.

*

Il me reste moins de deux heures pour être heureux. La panique menace. Je tente une vidéo du président aux dents du bonheur, mais ça ne suffit pas. J'ai soudain des doutes vis-à-vis de notre guide Emmanuel. Il parle sans arrêt de « changement », de « rupture », de « révolution ». Aurait-il mis des idées dans la tête de Bérénice ? Et s'il était responsable de son départ ? Serait-il mentaliste lui aussi ?

Légitime défense : je déchire le poster de la campagne 2017 que Bérénice avait punaisé en face du lit conjugal. Est-ce à Manu que mon amour pensait quand nous exultions de concert dans le déchaînement copulatoire de nos organes lubrifiés ? Je déchiquette le visage du voyeur. Ça fait du bien, mais ça ne suffit pas. Je brûle aussi la photo officielle du président que Bérénice avait encadrée sur sa table de chevet. Moment de plaisir, mais fugace. Franchissons le Rubicon : je jette par la fenêtre les deux mugs tricolores et la boule à neige du palais de l'Élysée que nous avions achetés sur la boutique en ligne de la présidence pour soutenir le redressement de la France.

Je me sens mieux, mais pas longtemps. Je descends dans la rue ramasser les débris des mugs et de la boule à neige avant que M. Patusse vienne sonner à ma porte.

Je remonte précipitamment parce que Théodore, le chien de mes voisins, est en train d'avaler le reste de la boule à neige.

Je me sens mal. La crise est forte. Comme chaque fois que l'angoisse me submerge, des questions anxiogènes se télescopent dans mon esprit et viennent nourrir le foyer infectieux. Notre pays retrouvera-t-il un jour le chemin de la croissance ? Pourra-t-on rendre l'impératif vert compatible avec la justice sociale ? Arrivera-t-on à endiguer la vague populiste qui déferle sur le Vieux Continent ? Aurais-je le temps de faire un enfant avant que les bisphénols n'anéantissent ma production de spermatozoïdes ?

J'allume BFMTV pour enrayer l'emballement de mon esprit. J'ai de la chance, ce sont les résultats de la Ligue 1 de football. Rien de tel pour se remobiliser. Le gardien de but du FC Nantes est formel, ils ont « tout donné », ils n'ont « rien lâché ». L'avant-centre de l'AS Monaco est catégorique, ils ont « mouillé le maillot » même s'ils ont « manqué de réussite », mais surtout ils ont « tout donné » et ils n'ont « rien lâché ».

Moi qui trop souvent ne donne rien et lâche tout, ça me parle. Bérénice ouvrira bientôt cette porte, je dois être prêt.

Il reste quelques manuels du bonheur dans le carton qu'elle m'a laissé. Je les feuillette fébrilement pour trouver une méthode rapide et je mets la main sur une perle : *Le bonheur, c'est simple comme un coup de fil, à condition d'avoir le dernier iPhone.* Rédigée par une célèbre chroniqueuse de télévision alcoolique, l'œuvre propose une liste intitulée « Le top des sources du bonheur ». Exactement ce qu'il me faut.

Top 1, l'alcool (« LOL » ajoute l'autrice).

Top 2, la chirurgie esthétique (« Re-LOL » précise la blagueuse).

Top 3, (« Soyons un peu *serious* », commente la folle) l'Amour.

L'amour rend heureux ? Sauf que moi, je dois *d'abord* devenir heureux pour *ensuite* retrouver l'amour. Ou alors, devrais-je tomber amoureux d'une autre femme afin de devenir heureux pour pouvoir dans un second temps retrouver l'amour avec Bérénice ? La polygamie étant compliquée à gérer dans mon petit appartement, je passe au 4.

Top 4, les enfants (« Trop choupinou, mais *beware* les vergetures ! Adopte-les #Brad&Angelina, LOL »).

Des enfants ? Sauf que moi, il faut *d'abord* que je retrouve l'amour de Bérénice pour *ensuite* faire des enfants. Je vais brûler ce livre.

Top 5, le step (« *Happy* belles fesses ! ») ; en 6, méditation & yoga (« Je kiffe ») ; 7, le jeûne (« Le bonheur taille 36 ») ; 8, la luminothérapie (« *Don't forget* la crème solaire ! ») ; 9, la lithothérapie (« Chai pas C koi ! ») ; 10, le feng shui (« Range ta chambre MDR ! ») ; 11, partir en mission humanitaire (« Pense au Smecta ! ») ; 12, la pensée positive (« Waouh, quelles fesses, j'ai trop bien fait mon step ! »).

En conclusion, je craque une allumette et je fais flamber le bouquin dans l'évier de la cuisine. Je sens la joie m'envahir. Finalement, il marche bien ce manuel.

Top 13, l'autodafé.

*

J'ai connu une scolarité problématique. En classe, je comprenais tout très vite. Quand les professeurs posaient des questions, je connaissais toujours les réponses. Mais je ne levais jamais le doigt, par timidité.

À la maison, maman me faisait réciter mes leçons, je connaissais tout par cœur, j'étais incollable. Le problème, c'était que lors des contrôles en classe, je n'obtenais que des notes catastrophiques. Le stress me faisait perdre tous mes moyens. La veille d'un examen, je ne dormais pas de la nuit. Une fois devant le sujet, c'était le trou noir de la feuille blanche. À l'oral, la tétanie.

Je n'ai jamais eu la moyenne de toute mon année de terminale. J'ai raté mon bac deux fois. La troisième fois, je l'ai obtenu au repêchage avec la pitié du jury que ma mère est allée supplier en douce.

Pendant toute ma scolarité, les enseignants ont pensé que j'étais un déficient mental et que ma mère s'enfonçait dans le déni en plaidant sans cesse ma cause devant des mines de plus en plus atterrées. (« Mais si, je vous jure, il est très intelligent ! »)

Depuis, quand je croise un déficient mental, je me demande s'il n'est pas tout simplement un grand timide angoissé. Et je lui fais un signe de fraternité.

J'ai la solution en main. Ce livre est un best-seller international écrit par une *home organizer* japonaise, c'est certifié sur la couverture. Il a été vu à la télé, il a été lu et approuvé par une présentatrice météo botoxée, il a reçu les éloges de *Télé Poche*, c'est une valeur sûre. Titre : *Le rangement, c'est maintenant.*

L'idée consiste à se débarrasser des objets qui encombrent nos vies, car chercher le bonheur dans les biens matériels est absurde. La satisfaction procurée par un achat qui vient combler un désir est vite effacée par le phénomène de l'« adaptation hédonique » : nous nous habituons à vitesse grand V à toute amélioration de notre situation et nous revenons à notre point de départ, insatisfaits, tendus vers un nouveau désir et une nouvelle frustration. (On est mal barrés, c'est confirmé.)

L'autrice est formelle : « Moins tu possèdes plus de choses, plus les choses te posséderont moins (et vice versa) » ou encore « À chaque nouvel objet éliminé, tes poumons psychiques s'ouvrent un peu plus à l'oxygène du bonheur ». La qualité de la métaphore achève de me convaincre. Je sens mes poumons psychiques frétiller à l'idée de s'ouvrir, c'est épatant. Je vais ranger mon appartement et me débarrasser de l'inutile. Ce sera un « rite de passage » vers une nouvelle vie, un « rangement extérieur entraînant un réagencement intérieur ». J'ai hâte.

La méthode consiste à prendre en main chaque objet qui nous entoure et à établir un dialogue intérieur avec lui. Il faut lui demander « Me rends-tu heureux ? », et être à l'écoute de notre ressenti. Toucher cet objet me procure-t-il de la joie ? De l'inspiration ? Une érection ? Dans ce cas, je le garde. Sinon, je le remercie d'avoir « accompli son devoir » auprès de moi et je lui exprime ma « gratitude » avant de m'en séparer. Limpide.

Cette méthode m'enthousiasme. Beaucoup moins dangereuse que le sport, beaucoup moins anxiogène que le changement de régime alimentaire, je lui mets cinq étoiles sur Amazon, puis j'ouvre le placard de l'entrée pour lancer l'opération libératoire, puis je retourne sur Amazon enlever les cinq étoiles – car j'avais oublié que je boycotte ce sinistre fleuron du capitalisme sauvage –, puis je rouvre le placard de l'entrée.

Je m'empare de mon appareil à raclette et j'établis un dialogue intérieur avec lui. Me rends-tu heureux, appareil à raclette ? La réponse ne tarde pas : mon estomac gargouille. Il adore le fromage qui coule, qui cloque et qui crame. Pas d'adaptation hédonique pour un appareil à raclette. Je garde.

Je continue avec ma crêpière. Le dialogue intérieur est fulgurant. Mes glandes salivaires entrent en action, mon rythme cardiaque s'accélère, ma glotte frétille. Je garde. Idem pour la friteuse, j'ai un début d'érection rien qu'en la regardant. Elle reste.

Le dialogue intérieur avec le seau à serpillière est moins évident. Je le sens peu communicatif, et ce n'est pas la première fois. Limite hostile, j'en prends soudain conscience. Ce seau m'a-t-il déjà rendu heureux ? Jamais. Il diffuse des ondes négatives dans mon foyer depuis des années. Ce traître empêche mes poumons psychiques de s'ouvrir. Je le remercie du bout des lèvres pour sa contribution et je descends le déposer sur le trottoir afin qu'il trouve un propriétaire plus adéquat à épanouir.

La méthode est efficace. Je continue.

Je garde notamment le gaufrier (joie), la sorbetière (joie), la guitare (inspiration), la télévision (joie), l'ordinateur (inspiration), ma collection de figurines Marvel (érection).

J'élimine entre autres l'aspirateur, les éponges, les torchons, les détergents, la ventouse débouche-évier, la boîte à outils, le puzzle Lady Di hérité de ma grand-mère, une musaraigne pygmée empaillée par mon grand-père, les livres de Bérénice (sauf *Le rangement, c'est maintenant*, un chef-d'œuvre de la littérature japonaise). Je dispose tous ces objets sans joie sur le trottoir afin de les offrir à la possibilité d'une rencontre, car ils ne doivent pas être jetés mais « rendus disponibles pour un nouveau cycle de bienfaits » (p. 111).

De retour dans mon salon, je me sens libéré d'un immense poids grâce aux prescriptions de ma Nipponne thaumaturge. Mirobolante sensation ! J'embrasse la couverture de son ouvrage émancipateur. Bérénice va revenir dans un foyer rempli à ras bord d'ondes positives, et plus jamais nous ne nous quitterons. Je vais préparer une raclette aux frites avec des crêpes pour fêter ça.

On sonne à la porte. Béré ? Déjà ? C'est M. Patusse. Il a remarqué mes objets sur le trottoir, il se demande si je suis en train de déménager et il souhaite se voir confirmer l'heureuse nouvelle. Il a l'air si heureux à cette perspective que je n'ose l'attrister. Je choisis de rester dans l'équivoque par un changement subtil de sujet. Mon voisin pense-t-il que le clivage droite-gauche est dépassé ? Considère-t-il que les prochaines échéances électorales cristalliseront le débat autour du nouvel antagonisme entre défenseurs de l'identité et adeptes du cosmopolitisme ?

M. Patusse tourne les talons sans un mot. Il estime que l'expression des choix politiques doit être réservée au secret de l'isoloir. Je respecte.

Après cette séance de dialogue avec moult objets inanimés qui ont donc une âme, mon appartement atteint un stade de perfection zen remarquable. Par voie de conséquence, mon intériorité s'en trouve métamorphosée. Je vais célébrer ça aux toilettes, car même ma digestion délicate vient de se fluidifier par miracle.

Extase du tri, joie du transit.

*

J'ai longtemps lu les philosophes en espérant trouver la voie de la béatitude dans leurs lumineuses réflexions. Le problème, c'est qu'ils ne sont jamais d'accord entre eux. Dans la Grèce antique, c'est le combat Épicuriens *vs* Stoïciens. Sur le ring de l'agora, les barbus du plaisir contre les toges de la vertu. Les uns font la promotion des voluptés, les autres visent leur éradication. Et tous ces parangons de sagesse s'écharpent gentiment.

Même topo pendant le siècle des Lumières. Rousseau et Voltaire, censés promouvoir une même vision de la société trouvant le bonheur dans la connaissance et la liberté, ne pouvaient pas se voir en peinture. Derrière leurs discours de tolérance, ils multipliaient les attaques sournoises, les piques ironiques et les coups bas.

Toute l'histoire de la philosophie n'est qu'un dénigrement permanent des théories précédentes, chacun cherchant à s'affirmer en remettant en cause les vénérables ancêtres. Descartes prend le contrepied d'Aristote, Kant contredit Spinoza, Hegel critique Kant, Voltaire lynche Leibniz, mais le spécialiste du dézingage tous azimuts reste Nietzsche qui s'en prend vertement à Socrate, à Platon, à Descartes, à Kant, à Rousseau, à Hegel ou encore à Marx.

Quant à Schopenhauer – philosophe allemand gai comme un pinson décédé pour qui la vie était « une perturbation inutilement pénible dans le bienheureux repos du néant » –, il était manifestement fâché avec lui-même.

Ces lectures de penseurs officiellement en quête de sagesse, mais en réalité vindicatifs en diable, m'ont conduit à une réflexion : et si le bonheur consistait à se trouver un ennemi à détester ? Une personne honnie qu'on pourrait passer une vie entière à blâmer, à accabler, à insulter ?

La félicité par la haine farouche ? À tester.

*

Contrariété dans la salle de bains. Si mes intestins connaissent une fluidité inédite, mon évier est manifestement bouché. L'eau ne s'écoule plus, c'est fâcheux. Je cherche ma ventouse débouche-évier, mais je ne la trouve pas. Je m'en suis débarrassé afin d'ouvrir mes poumons psychiques.

Je descends sur le trottoir récupérer ma ventouse, elle reste introuvable. Ma voisine du rez-de-chaussée m'informe que des Roms sont passés à vélo et ont récupéré pas mal de choses. Mes objets vont combler des nécessiteux, c'est exactement ce que préconise le manuel à la page 111. Grâce à moi, une famille dans le besoin va pouvoir déboucher son évier. Cette idée me met en joie, mais elle ne règle pas mon problème. Je vais à l'épicerie acheter une nouvelle ventouse.

Irritation. La ventouse flambant neuve ne parvient pas à remplir sa fonction. L'évier résiste. Mes compétences ne sont pas en cause : j'ai appliqué la méthode avec persévérance et intensité. La preuve, il y a de l'eau partout dans la salle de bains. Je vais acheter une nouvelle ventouse pour remplacer la défectueuse, car Spinoza a dit que la liberté de l'homme consistait à agir selon son *conatus*, c'est-à-dire « l'effort de persévérer dans son être » pour « accroître sa puissance ».

Consternation. La nouvelle ventouse a aussi un vice de fabrication, elle ne fonctionne pas. Son manche a même cassé le miroir de la salle de bains, bravo la qualité *made in China*. Il est grand temps de relocaliser les productions industrielles dans l'Hexagone afin de renouer avec l'inimitable savoir-faire français, de favoriser l'emploi local et de lutter contre les importations à fort bilan carbone. Mon épicier est d'accord avec moi, mais il m'inquiète en affirmant « on n'est plus chez nous » alors qu'il se trouve à l'intérieur de *son* épicerie. Sans doute un début d'Alzheimer, la faute aux phtalates.

À court de ventouses, mon pauvre épicier me conseille une nouvelle méthode pour les férus de high-tech qui consiste à dévisser le tuyau d'écoulement des eaux avec une pince. Je retourne chez moi en courant, car je sens mon *conatus* spinozien en pleine forme. Ça tombe bien, j'ai une boîte à outils.

Correction : j'*avais* une boîte à outils. (Dialogue intérieur, poumons psychiques, et tout le toutim.) Je dévale les escaliers de mon immeuble, mon *conatus* s'enflamme.

Sur le trottoir, je trouve un jeune homme en train d'attacher ma boîte à outils sur son vélo. Ma voisine fait les présentations : Michel H., un Rom ; un Rom, Michel H. J'informe le jeune nécessiteux que je suis très sensible à sa situation dont m'a informé la presse de gauche, et que je suis prêt à signer une pétition pour améliorer ses conditions de vie. Cependant, je souhaiterais récupérer ma boîte à outils, car la propriété individuelle est un droit inaliénable selon la presse de droite.

La barrière de la langue empêche malheureusement le jeune homme d'accéder à ma requête. Il m'adresse un geste de la main que les presses de gauche et de droite interpréteraient sans doute différemment, puis il s'éloigne sur son vélo en entonnant une mélopée nostalgique typique des exilés à base de Céline Dion.

Ma voisine m'inquiète à son tour quand elle referme sa fenêtre en maugréant « on n'est plus chez nous » alors qu'elle se trouve à l'intérieur de *son* appartement. L'épidémie menace. C'est le glyphosate.

Debout sur le trottoir avec le cycliste rom dans ma ligne de mire, je sens mon *conatus* qui se grippe. Dois-je persévérer dans mon être et sprinter derrière le vélo en prenant le risque d'une course inutile (perte de temps), d'une chute probable (douleur physique), d'une humiliation certaine (douleur psychologique) et d'une sudation excessive (j'ai jeté mon déodorant) ?

Le vélo ayant disparu de mon champ de vision au terme de ma réflexion, je me recentre sur l'essentiel pour continuer à accroître ma puissance. Bérénice ne peut pas revenir dans une salle de bains dont le lavabo est bouché alors qu'elle aime beaucoup se laver les mains avec du savon bio.

Je pars acheter une pince à l'épicerie. Spinoza *for ever*.

La pince est trop petite pour mon tuyau. Je pars acheter une plus grosse pince.

La grosse pince n'est pas assez grosse. Je pars acheter une caisse à outils, un seau, des serpillières et des éponges.

Satisfaction. Grâce à mes outils flambant neufs, l'évier se débouche.

Contrariété. Je suis à nouveau encombré d'un tas d'objets sans appétence pour le dialogue intérieur. C'est désespérant. Ma boule d'angoisse grossit sous mon plexus solaire.

*

Un jour, j'ai dit à mes parents que j'avais l'impression d'avoir une boule au ventre depuis ma naissance. Ma mère m'a rassuré en me disant qu'elle avait la même boule au ventre que moi, elle aussi depuis ma naissance. J'ai demandé s'il était possible de m'opérer pour enlever cette boule. Mon père a levé les yeux au plafond, puis a annoncé que le match commençait.

La nuit suivante, j'ai rêvé que je me trouvais sur une table d'opération avec des chirurgiens qui s'activaient au-dessus de moi. L'un d'eux me présentait un miroir et me montrait l'intérieur de mon abdomen. Là, au milieu d'un magma d'organes sanguinolents, il y avait un trou béant.

Il n'y avait pas de boule à enlever, mais un vide à remplir.

*

Peut-être faut-il me débarrasser encore d'un objet pour trouver la paix ? « Alléger ma nacelle pour que la montgolfière de mon esprit prenne de l'altitude » (dixit ma Tokyoïte préférée). Mais quoi ? Non… Quand même pas l'appareil à raclette ?

D'après le manuel, il faut traquer les doublons. C'est l'heure des questions fondamentales. Ai-je vraiment besoin de deux chaussettes ? De deux chaussures ? On franchit un cran dans les problématiques métaphysiques. C'est vertigineux.

On sonne à la porte. Bérénice ? Alors qu'il est à peine dix-neuf heures ! Le Grand Maladoudouséké fait des miracles. Dès que j'ai récupéré mon amour, j'écris une lettre à *L'Obs* pour leur signaler que le Burkina Faso n'est pas assez valorisé dans leurs pages. Je m'empare de la crêpière pour signifier habilement à Bérénice que je m'apprête à lui faire son dessert préféré. Je me rue vers la porte en me rappelant soudain que j'ai jeté mes œufs, mon sucre et mon lait. Je décide de compenser l'inévitable déception en prenant une voix chaude et disruptive pour le discours de bienvenue. Dois-je aller jusqu'au baiser fougueux ? J'ouvre. C'est M. Patusse. J'ajourne le baiser fougueux. Je lis dans ses yeux qu'il se demande pourquoi je l'accueille avec une crêpière. Je ne dis rien, car il est bon parfois de garder une part de mystère dans les relations humaines.

M. Patusse respecte ma dimension énigmatique et m'informe du motif de sa visite de courtoisie. Nous sommes dimanche, les encombrants passent le jeudi et, dans l'intervalle, il est hors de question que je laisse mes objets sur le trottoir, comme cela est spécifié dans l'article 16 du règlement de copropriété.

À cet instant, comme par miracle, tout devient limpide dans mon esprit. Je regarde mon voisin et la seule réponse adéquate à lui apporter s'impose d'elle-même.

Je lève ma crêpière, M. Patusse lève les yeux.

J'abaisse ma crêpière, M. Patusse baisse les yeux.

Waouh…

Ma boule au ventre tombe en même temps que M. Patusse. Pour la première fois depuis mes vingt ans, fêtés dignement avec une cure de sommeil sous anxiolytiques lourds, je me sens léger. Je n'en reviens pas de ressentir ce bien-être. Et tout ça, grâce à mon voisin. Il fallait effectivement que j'élimine encore quelque chose.

Lui.

J'ai un nouveau problème d'encombrement dans mon appartement. Je me suis débarrassé de M. Patusse en tant qu'individu, mais il me reste M. Patusse en tant que corps. J'ai réussi à réduire mes objets au minimum, ce n'est pas pour récupérer une dépouille qui n'a ni fonction utilitaire avérée, ni véritable intérêt décoratif. Un cadavre au salon, voyons les choses en face, c'est le comble du superflu. Si ma Japonaise spécialiste du rangement voyait ça, elle serait furieuse.

Problème n° 1 : comment se débarrasser d'un corps quand on est dimanche et que les encombrants passent le jeudi ? M. Patusse sur le trottoir, ça risque de jaser.

Problème n° 2 : comment nettoyer une flaque de sang sur une moquette ? Bérénice est très à cheval sur la propreté. Je ne voudrais pas que nous enchaînions dès son retour sur une scène de ménage (au sens propre, bien entendu).

*

Les disputes avec Bérénice sont rares, car j'ai élaboré une stratégie pour désamorcer les conflits. Si elle me reproche par exemple de « sans cesse ressasser les mêmes obsessions », je la déstabilise en valorisant la qualité sonore de sa phrase qui propose une allitération en [s] fort attrayante sur le plan auditif. Puis, avant de lui laisser le temps de répliquer, je lui fais remarquer que « ressasser » est le plus long palindrome de la langue française, un mot qui peut se lire dans les deux sens, comme dans un mouvement perpétuel qui mimerait l'action répétitive exprimée par le verbe lui-même. Étourdissante mise en abyme.

En général, Bérénice enchaîne sur l'idée que je devrais me faire « soigner ». Réplique incisive, certes, mais que je contre en plaçant l'amusante constatation que « soigneur » est l'anagramme de « guérison », ce qui laisse votre antagoniste coi. Je peux alors enchaîner sur le constat plus étonnant encore que, par une malice lexicale propre à notre belle langue, l'adjectif « indolore » est l'anagramme de son antonyme « endolori ». Amusant, n'est-il pas ?

À ce stade, un être humain normal conclut neuf fois sur dix par le peu inventif « pauvre type ». C'est gagné. Il ne me reste plus qu'à lancer, avec l'air de ne pas y toucher, que « pauvre » fait partie des rares termes ne rimant avec aucun autre mot, comme « meurtre », « monstre » ou « belge ».

En général, en moins de cinq minutes, Bérénice part en claquant la porte.

*

Le bien-être consécutif à la disparition de M. Patusse en tant qu'individu a occasionné une sorte d'appel d'air dans mes poumons psychiques. Comme si une fenêtre longtemps condamnée venait d'être ouverte pour aérer une pièce pleine de poussière. Mon cerveau se décrasse, les pesantes noirceurs qui l'engourdissent d'ordinaire s'évacuent et les idées affluent, claires, précises. Pour la première fois, je comprends le sens de *L'Étranger* d'Albert Camus.

Meursault, l'antihéros du roman, est englué dans une dépression profonde qui annihile ses capacités émotionnelles et compromet ses possibilités d'adhésion au monde. C'est à la faveur du meurtre qu'il commet sur une plage qu'il va enfin trouver son identité et sa place dans l'univers. Le grand vide qu'il ressent en lui a été comblé par cet acte. À partir de cet instant, il existe.

Faut-il en conclure que le meurtre s'impose comme une voie privilégiée vers le bonheur ? Pourquoi aucun manuel ne nous propose jamais cette possibilité ? Quoique… je me trompe… En réalité, cette solution est suggérée depuis longtemps dans de nombreux ouvrages. Les romans policiers.

Pour un *Crime et Châtiment* dans lequel Dostoïevski peint un meurtrier dévoré par le remords, combien de polars nous présentent les assassins comme pleinement heureux de leurs forfaits ? Pas une once de mal-être chez les monstres sanguinaires de Michael Connelly, Jean-Christophe Grangé ou Thomas Harris. Au contraire, ces gars-là pètent la forme.

Le tueur est imperméable aux angoisses, il ne connaît pas la peur. Si vous vous retrouvez dans une banlieue sordide en pleine nuit, vous raserez les murs, effrayé à l'idée de faire une mauvaise rencontre, l'esprit parasité par les images pétrifiantes des agressions que vous pourriez subir. Vous tremblerez musaraigne pygmée. Mais si vous vous baladez dans le même quartier avec un couteau de boucher dans votre poche et la ferme intention de planter la première personne que vous croiserez, vous marcherez d'un pas affirmé, rempli de l'extraordinaire confiance du prédateur. Vous ne craindrez plus une rencontre, vous l'espérerez. Vous rugirez lion.

Chez Michel Houellebecq, cette voie du meurtre thérapeutique est envisagée par ses personnages dépressifs. Dans *Extension du domaine de la lutte*, le narrateur incite son collègue frustré à aller trucider à l'arme blanche un jeune couple parti folâtrer dans les dunes (le meurtre sur la plage, là encore). Mais le collègue se dégonfle et le héros restera prisonnier de son vide intérieur.

Dans *Les Particules élémentaires*, le personnage de Bruno, perdu dans son époque, rongé par ses questionnements, apaise temporairement son mal-être en écrabouillant le crâne d'un chat. Mais il n'a ni la lucidité ni le courage suffisant pour comprendre la portée bénéfique de cet épisode meurtrier, si bien qu'il ne donnera jamais suite. Résultat : il finit sa vie dans un hôpital psychiatrique.

Le meurtre peut remplir le trou béant sous le plexus solaire. C'est mal, mais ça fait du bien. Merci à M. Patusse de m'avoir éclairé à ce sujet.

*

Pendant des siècles, le crime de sang faisait partie du quotidien des humains. Tuer un ennemi était un acte positif, permettant de protéger son territoire ou sa tribu. Jusqu'à la fin du XIXe siècle, on pouvait se battre en duel pour défendre son honneur. Et pour ceux qui n'avaient pas les moyens de tuer, assister au supplice d'autrui était un substitut efficace. Un petit tour en place de Grève pour voir quelques têtes se faire trancher et vous repartiez regonflé à bloc.

Les nouveaux impératifs moraux du XXe siècle ont tout fait basculer. Nous nous sommes éloignés des champs de bataille, la justice a pris le relais des vengeances individuelles, la peine de mort s'est vue abolie dans la majorité des pays. Ce n'est pas un hasard si les polars sont les romans les plus vendus. C'est le dernier espace où le crime est montré sous l'angle de la jubilation du meurtrier. Certes, il sera puni à la dernière page. Bien entendu, la morale sera sauve. Il n'empêche que pendant trois cents pages, le criminel n'aura exprimé qu'une seule chose : la confiance, la puissance, la certitude intérieure d'être exactement à sa place dans le monde. En résumé, le bonheur que lui procure son activité.

Et si le monde occidental était dépressif depuis que l'acte de tuer y est frappé d'interdit ? Qu'en pensent *Libération* et *Le Figaro* ?

*

Il est préférable que la dépouille de M. Patusse quitte mon espace intime avant que Bérénice ne revienne, car dans une société qui a évacué la mort de la sphère quotidienne tout le monde n'est pas à l'aise avec la viande froide. Je demande à mon assistant personnel Apple comment se débarrasser d'un cadavre. Chierie me conseille d'appeler la police. On voit que Steve Jobs n'est plus aux commandes, son entreprise part en sucette. Je ne lui donne pas deux ans avant la faillite.

Je tape sur Google : « Comment se débarrasser d'un cadavre ? », et j'obtiens vingt-huit millions de résultats. Très encourageant. Google va bientôt dévorer Apple, c'est écrit.

« Placez le corps dans le coffre de votre voiture et allez l'enterrer en forêt. » Facile et bucolique, mais je ne possède pas de voiture et je ne peux m'absenter de chez moi, car Bérénice arrive d'un moment à l'autre.

« Plongez le corps dans une baignoire remplie d'acide. Laissez infuser quelques jours. Évacuez les restes dans les toilettes. » Simple et expérimental, mais je ne dispose ni d'acide ni de quelques jours.

« Découpez le corps en morceaux. Emballez-les dans des sacs-poubelle. Jetez le tout dans l'enclos d'animaux carnassiers au zoo (déguisement de père Noël optionnel). » Ludique et cinéphilique, mais occasionnant une séquence nettoyage dont l'ampleur est incompatible avec l'arrivée imminente de mon amour.

Une idée brillante surgit dans mon cerveau dont le réseau neuronal est passé à la 4G depuis mon coup de crêpière. Je n'ai pas l'habitude, l'effet est grisant. La solution est simple. J'ouvre mon canapé-lit. Je retire le matelas et le sommier. À la place, je dispose le corps de M. Patusse, et je referme. Un objet absorbé par un autre, cela fait un encombrant de moins. Je suis fier de moi.

Je vais sonner chez Piotr, mon voisin farci au pétard très généreux dans le volume musical, et je lui demande son aide au nom des principes humanistes de l'extrême gauche dont il est à n'en pas douter un ardent représentant.

C'est fait. Sans acide, sans forêt, sans nettoyage. Le canapé et M. Patusse sont maintenant sur le trottoir. Je me suis débarrassé de deux objets volumineux d'un seul coup. Ma coach en rangement japonaise applaudirait. Dès que j'aurai récupéré mon amour, je lui écrirai afin qu'elle apporte un addenda à son manuel. « Chapitre final : trier ses voisins. »

Mme Patusse apparaît avec son chien Théodore, sorti pour mener à bien sa défécation vespérale. Elle parle au téléphone avec une amie à qui elle promet d'« arracher les ovaires avec les dents » si celle-ci tourne encore autour de son mari. Elle ne me jette pas un regard, car son projet de prélèvement d'organe mobilise l'essentiel de ses facultés.

Théodore se fige devant le canapé pour le renifler avec enthousiasme. Il gratte le tissu, pousse des cris d'excitation, secoue sauvagement sa queue. Mme Patusse tire sur la laisse, son bébé résiste. Un fabuleux gisement d'os à moelle, voilà ce que l'animal sent à portée de crocs. Mais Mme Patusse s'éloigne en poursuivant ses propositions de contraception artisanale, et la pauvre bête s'étrangle pour jeter un dernier regard éperdu vers le trésor qui lui file sous la truffe.

Ma voisine disparaît dans l'immeuble pendant que je tente de visualiser une ablation ovarienne avec les dents. À mon avis, pas facile. Au passage, je note que ces pulsions chirurgicales de l'extrême semblent apporter à Mme Patusse une évidente jubilation, ce qui ne fait que confirmer ma théorie lumineuse : le bonheur réside dans l'élimination des importuns qui encombrent notre existence. Trépanation à la crêpière ou stérilisation à la mandibule, même combat.

Une camionnette freine à mon niveau. Deux Roms en descendent et avisent le canapé. Je leur fais l'article : confort optimum, grande facilité d'emploi, couleur compatible avec la majorité des intérieurs et/ou des bidonvilles. Ils sont conquis, malgré la barrière de la langue. Deux minutes plus tard, c'est le grand départ : mon canapé pour sa deuxième vie, M. Patusse pour sa première mort.

Mon bien-être prend de l'ampleur. Je profite.

En arrivant sur mon palier, mes tympans sont mis à l'épreuve de la cacophonie ordinaire. Piotr l'intermittent a opté pour le tapage permanent. Je sens la boule reprendre sa place dans mon sternum, bien confortable. Ma joie s'éteint, je régresse vers mon état antérieur, aggravé par le souvenir du bonheur que je viens de toucher du doigt grâce à M. Patusse. Cela ne saurait être.

Je sonne chez Piotr, personne ne vient ouvrir. Je pousse la porte. La studette baigne dans un épais brouillard de marijuana, alors que la drogue, c'est mal. Mon voisin possède un canapé qui pourrait connaître une utilité à court terme, mais trois de ses amis beatniks y sont vautrés. Deux semblent dormir du sommeil du juste shooté, le troisième arbore l'œil fixe de la béatitude chimique. Piotr danse au milieu de la pièce, torse nu. Il balance sa tête en avant, ses dreadlocks battent le rythme. Il ne s'aperçoit pas de ma présence.

J'ouvre la fenêtre pour aérer la pièce.

Je pousse mon voisin dans le vide pour aérer mon esprit.

J'arrête la musique.

La joie m'envahit. Ma méthode marche du tonnerre. Et si j'écrivais un manuel ?

J'adresse un signe de fraternité aux amis de Piotr qui poursuivent leur voyage d'agrément dans leur nirvana herbacé. Ils auront une descente moins rapide que mon voisin.

En rentrant chez moi, je croise Mme Patusse. Elle me demande si je sais où se trouve son mari. Je lui propose un marché : je lui révèle l'actuelle position géographique de son conjoint si elle me décrit le processus d'arrachage ovarien aux maxillaires. Elle fronce les sourcils et me demande si je suis normal dans ma tête. Je lui rappelle que la « normalité » est un concept subjectif, que chaque être humain est singulier, et que celui qui exprime le besoin de la norme révèle en fait son angoisse d'être exclu du groupe du fait de sa différence. J'ajoute que je me considère comme normalement névrosé. Mme Patusse répète qu'elle veut savoir où se trouve son mari. Je lui demande de m'attendre un instant, j'ai besoin de me munir d'une crêpière.

Je regagne mon appartement, j'avise la flaque de sang et le vide laissé par le canapé. J'écoute les exclamations des gens qui s'agitent dans la rue autour de mon voisin comédien qui a laissé son empreinte sur le trottoir façon Hollywood Boulevard.

J'ai aussi une pensée pour tous les individus qui, assistant par on ne sait quel prodige à mes efforts pour récupérer Bérénice, ne croiraient pas aux pouvoirs du Grand Maître Maladoudouséké, n'accorderaient aucune chance au retour de mon amour, et me considéreraient avec pitié.

Car, à cet instant, une clé tourne dans la serrure.

Et Bérénice apparaît.

Bérénice se tient sur le pas de la porte. Elle reste muette, car elle sait qu'en plus d'être d'or, le silence en dit long. Sa coiffure semble avoir été déstructurée par un artiste-coiffiste d'avant-garde, ou par une bourrasque sur la côte atlantique. Son visage est strié de coulures de mascara comme après un samedi lacrymogène sur les Champs-Élysées. Son manteau est constellé de gouttelettes mousseuses caractéristiques du demi-pression. Bref, elle est magnifique.

Je m'avance face à elle, nous vivons un de ces moments de perfection qui comptent dans la vie d'un couple. Je peaufine mes premières paroles afin de souligner la grâce de l'instant : « Je vais te préparer des crêpes. »

D'un geste époustouflant de simplicité, elle met la main dans la poche de son manteau, et elle en sort un pistolet.

Je reste sans voix.

Un pistolet ? Bérénice… Ma Bérénice…

Les larmes me montent aux yeux.

Je tombe à genoux.

Quelle femme incroyable… Bérénice sait que je n'ai jamais vu de pistolet en vrai, quelle touchante attention de sa part ! Mon amour revient avec un cadeau insolite pour faire la paix ! J'ai honte. Elle me gâte alors que je ne suis même pas allé racheter du sucre pour les crêpes. J'ai une femme merveilleuse. Attentionnée, surprenante, niveau 6 aux mots fléchés, je ne la mérite pas. Si elle écrit un livre, je lui mettrai cinq étoiles sur leslibraires.fr (et pas sur le site-dont-il-ne-faut-pas-prononcer-le-nom).

Elle brandit le pistolet devant mes yeux afin que j'en profite au maximum, et elle déclare d'une voix d'héroïne de polar : « Ce sont des tarés comme toi qui ont gâché ma vie ! Je ne serai jamais heureuse tant que tu existeras ! »

Quel style ! Ma bien-aimée parle comme dans un film hollywoodien, c'est une dialoguiste-née. Tarantino, reste dans ce corps ! Bérénice m'entraîne dans le tourbillon de son imaginaire nourri de références cinéphiliques haut de gamme. Clins d'œil culturels et coups de théâtre : la routine n'est pas près de s'installer dans notre couple !

Pour appuyer ses propos, Bérénice appuie sur la détente.

La joie me submerge. Nous vivons un instant de symbiose étourdissant. Mon amour a compris au même moment que moi que le bonheur résidait dans l'élimination des gens qui vous gâchent la vie. C'est stupéfiant. Notre relation relève de la communion télépathique, nos âmes sont jumelles. Combien de couples peuvent se vanter de penser ainsi à l'unisson ?

La balle entre dans ma poitrine et fait exploser mon cœur.

Je ferme les yeux.

C'est le bonheur total.

The end.

Épilogue

Et merde… Il y a de la lumière au bout du tunnel…

Composition et mise en pages
Nord Compo à Villeneuve-d'Ascq

Imprimé en France par

Maury Imprimeur
à Malesherbes (Loiret)
en décembre 2021

POCKET - 92 avenue de France, 75013 PARIS

N° d'impression : 259342
S32214/01